我們的黃金時代

我們的黃金時代

周保松

Oxford University Press is a department of the University of Oxford.
It furthers the University's objective of excellence in research, scholarship,
and education by publishing worldwide. Oxford is a registered trade mark of
Oxford University Press in the UK and in certain other countries

Published in Hong Kong by
Oxford University Press (China) Limited
39/F, One Kowloon, 1 Wang Yuen Street, Kowloon Bay, Hong Kong

First edition published in 2019

我們的黃金時代

周保松

ISBN: 978-988-863297-8

This impression (lowest digit)
5 7 9 10 8 6

獻給
這個時代所有正直善良的
香港人

你是我生命中最壯麗的記憶
我會記得這年代裏你做的事情
你在曾經不僅是你自己
你栽出千萬花的一生，四季中逕自盛放也凋零
你走出千萬人群獨行，往柳暗花明山窮水盡去
玫瑰色的你　玫瑰色的你

——張懸〈玫瑰色的你〉

目　錄

輯 三

序：自由路上

這本書，為不認命的香港人而寫。

我希望用我的文字，向這些香港人致敬，並嘗試將時代的抗爭精神呈現在思想之中。我這樣做，是希望為歷史留記錄，為同代人吶喊，也為我城未來找方向。

雨傘運動，是香港歷史的分水嶺。傘運精神，是「我要真普選」，是「抗命不認命」，是「命運自主」。經過傘運洗禮，香港人的主體意識、自主意識、共同體意識落地生根，蓬勃成長；這些意識界定我們的身份認同，引導我們的公共實踐，呼應我們的生命感受。

在最深刻的意義上，我們回不去了。

舊的香港想像、舊的政治規範、舊的社會權威、舊的社運模式、舊的自我理解，逐漸遠去。我們開始進入艱難的轉型期。舊勢力要反撲，新力量未成形，改革停滯不前，社會躁動不安，活在漩渦中的人難免痛苦、徬徨、憤怒、無力，甚至處處撕裂——不僅與人撕裂，也與自己撕裂。

這是我們當下的狀態。可是我們已沒有回頭路，我們只能向前行。我們必須思索，如何創造一個新香港。這是時代給我們所有人的挑戰。

我在本書，嘗試提出我的思考。

* * *

如果傘運的精神是命運自主，那麼我們希望香港成為怎樣的城市？

就我觀察，大部份人希望香港成為自由、民主、法治、公平的政治共同體。我們渴望活出自主的人生，共同主宰我城的未來。這一代香港人，不再只求溫飽，也不願意繼續委曲求全，而要活得有尊嚴。尊嚴從何而來？來自別人對我們的尊重。尊重我們什麼？尊重我們是獨立自主的主體。我們因此希望，我們的政治能夠充份實現人的自由，並平等尊重每個公民的權利。

如果這種解讀合理，那麼這基本上是一種自由主義式(liberal)的敘事。這種敘事，在香港具有強大的吸引力。民主派內部的爭論，並不是質疑這個政治理想，而是爭論在中港關係愈來愈嚴峻的情況下，我們如何才能擺脱中國的支配來實現這個理想。

有人或會馬上質疑，香港過去數十年最主流、最保守的意識形態，例如對「小政府、大市場」的崇拜，正是由某種自由主義論述所提供，自由主義又怎麼可能為現在的新社會運動提供理論資源？這個問題確實重要，而且相當複雜。

我的初步觀察是，自由主義是一套混雜諸多理念的思想體系，並衍生各種制度安排。這些安排有的保守，有的進步；有的已經實現，有的仍待探索。徹底否定自由主義或全面擁抱自由主義，都不可取。如果是前者，我們將難以理解今天香港人的抗爭；如果是後者，我們則難以批判市場自由導致的分配不公。

我認為，要回答上述問題，如何理解自由主義的「自由」至為關鍵。

香港的社會制度和文化生活，一直深受自由主義影響，自由因而成為香港的核心價值。香港人珍惜的自由，例如人身自由、思想和言論自由、信仰自由、市場自由、私產自由、結社自由、學術自由、新聞和出版自由、資訊自由等，界定了港人的生活方式，並成為最多人共享的價值。

今天的年青人對舊世界的反抗，不是反對自由，而是擔憂在中國政府的步步干預下，香港的自由岌岌可危。更進一步，他們不僅要守護既有的自由，更要爭取平等的政治自由。政治自由的具體表現，是民主選舉。港人自主意識和主體意識愈強，愈渴望突破現在的政治困局。香港人對民主的追求，並非突然而來，而是植根於由來已久的自由文化。

在此意義上，自由主義是香港未完成的政治規劃。如何批判性地檢視我們的自由傳統，並在我們的自由路上走下去，且將這條路愈走愈寬，是我們的使命。

* * *

香港今日最大的矛盾，是中港矛盾。如果沒有中國因素，香港的政治現代化也許早已完成。不幸的是，中國是個反自由的專制政權，而香港是中國的特別行政區。自由之城和不自由之國的矛盾衝突，如何解決？

我們曾經以為，一國兩制是出路。可惜經過二十多年試驗，這條路幾乎已走到盡頭。2014年發表的《一國兩制白皮書》，清楚説明中國政府擁有對香港的「全面管治權」，而且一國絕對優先於兩制。這份文件，幾乎等於宣佈「高度自治」結束。果不其然，該年8月31日全國人大常委會就香港普選行政長官的決定，徹底粉碎了香港自上世紀八十年代以來爭取民主的希望。香港人面對一個艱難抉擇：是忍辱認命，還是明知機會渺茫仍奮起抗命？

許多香港人選擇了第二條路。他們成為抗爭者，並令香港從此不再一樣。本書第一部份，紀錄了這些抗爭者的命運，包括此刻正在獄中的戴耀廷教授和陳健民教授。

許多香港人一定會問，他們為什麼要這樣做？對中共歷史稍有認識的人都會告訴你，這是死路一條。從1949年到今天，已經有數不清的抗爭者為此犧牲生命——中共從來不會容忍異見者。以明智務實見稱的香港人，見到香港出現這麼一大批不願認命的抗爭者，不能理解正常不過。

我的理解是，這些抗爭者選擇這條路，是因為他們對香港有很深的感情，同時深深相信和在乎一些價值。他們覺得，如果香港失去這些價值，香港將不再是香港，他們將不再是他們。這些價值，走進他們的生命，形成他們的人格，並決定他們的行動。我認為，這些價值中最重要的，是自由和尊嚴。我在本書第二和第三部份，嘗試從不同角度探討這些價值的意義。

身為香港人，我們可以不認同這些抗爭者的選擇，但必須嘗試理解。如果我們連理解也不願意，並漠然冷對抗爭者的付出，是對他們的不義，也是對他們的傷害。我因此期盼，大家捧讀本書時，大可爭論其中觀點，但對這些抗爭者要有基本的尊重和敬意。

這裏所說的「抗爭者」，不僅是指那些站得最前、付出最多的人，還指所有認同自由並起來抗爭的人。這些人，就在我們身邊。他們是的士司機、裝修工人、咖啡店老闆、書店員工、記者、學生、社工、教師、新移民、外籍勞工、師奶、殘疾人士。每年「六四」的維園燭海，今年六月踏過金鐘的二百萬零一對足印，催淚彈下一張張看不見的臉，都是這樣的人。

這些抗爭者為自由而戰，並令香港成為自由之城。他們是玫瑰色的人，美而不能思議。

* * *

這本書為什麼叫《我們的黃金時代》？許多朋友覺得難以理解。

2019年4月9日，佔領九子被法院宣判罪名成立。我坐在旁聽席，聽着法官一個一個讀出他們的名字，看着他們冷靜堅毅的面容，我真實地覺得，那是香港歷史性的一刻，也是世界公民抗命史的重要一頁。當日下午，朱耀明牧師站在被告席，宣讀〈敲鐘者言〉，聽者無不動容。朱牧師步出法庭，我握着他的手，深切體會到甚麼是人性尊嚴。

當晚深夜回到家，在兩天幾乎沒有合過眼的半昏迷狀態下，我在臉書寫下〈我們的黃金時代〉一文。這幾年，我和許多香港人一樣，咬着牙熬過來。那一夜，我首次覺得，活在這樣的時代真好。我很感激，有這麼多善良正直的香港人，和我一起走在自由路上，讓我看見尋常不會有的風景。

香港的命運，無人能料；我們的選擇，卻已明確。

我們用我們的生命，定義我們的時代。只要我們見到，並且珍惜，這就是我們的黃金時代。

是為序。

2019年6月22日
山城忘食齋

致　謝

本書完成於2019年6月。沒有人能料到，這個月我們經歷了香港史上最大規模的社會運動。白天遊行，晚上追看各種報導和評論，還要在深夜坐下來寫作，很不容易，也很難忘。我很慶幸，本書有六月的陽光底色。

本書部份文章曾在《明報》、《端傳媒》、《立場新聞》、《微思客》和《圍爐》發表，我要謝謝他們容許我將文章收進書中。不過，讀者須留意，這些文章大多經過修訂，部份甚至近乎重寫。

我要多謝編輯林道群先生。這是我們合作的第三本書。沒有他的鼓勵和信任，以及容許我將死線一拖再拖，這本書不可能出來。這本書對我意義重大，我很感激他的幫忙。

我要謝謝我的朋友陳健民和戴耀廷。我寫本書的最大心願，就是待書出來後，帶去獄中送他們。我對他們的敬重，不能用言語表達。

我要多謝蕭雲先生，容許我在書中使用他的照片，以及在許多問題上的思想交流；我也要多謝鄧偉生先生對本書提出的寶貴意見。

我要感謝Jingwen、Ashley、Christina、Ivan等同學的幫忙，在極緊迫的工作進度下，為我細心校對書稿。我還要多謝梁采珩同學。這已是我們第三次合作。書中每篇文章每段說話，都經過采珩校訂，並給我許多很好的建議。我衷心感激她在自己最忙碌的時候，仗義幫忙。

我要謝謝張懸。她的〈玫瑰色的你〉，陪伴我度過每個寫作的夜晚。

我要感謝我的家人。我的父母和姐姐在精神上給我許多支持，內子翠琪承擔起家中大部份工作，讓我得以專心完成此書。我也要感謝Widi對我女兒的悉心照顧。最後，我要謝謝女兒可靜，謝謝她帶給我許多快樂。

我謹將此書，獻給這個時代我認識和不認識的正直勇敢的香港人。

謝謝您們。

輯　一

1　誰會被歷史記住

2017年8月17日，雙學三子黃之鋒、周永康和羅冠聰因「衝擊公民廣場」案而分別被判入獄六至八個月。* 這是雨傘運動大審判的序幕。前港督彭定康翌日在英國愛丁堡書節得知消息後，公開對媒體說：「他們將會在歷史留名。當沒有人記得我是誰，甚或沒有人記得習近平是誰時，他們仍然會被世人記着。」†

彭定康讀歷史出身，今天貴為牛津大學校監，自然不會為了討好幾個「青年罪犯」而說出違心的恭維話。那麼，他為甚麼要這樣說？我認為，他是本着更開闊的歷史視野作出這番評價。

1

雙學三子被判刑的歷史意義，在於他們是雨傘運動的發

---

* 2014年9月26日晚，黃之鋒、周永康和羅冠聰帶領學民思潮和學聯的同學，衝入並佔領香港政府總部的公民廣場，從而揭開雨傘運動序幕。他們其後被控非法集結及煽惑他人參與非法集結罪成，原審裁判官本來判處他們社會服務令及緩刑，惟律政司認為刑期過輕，要求上訴庭刑期覆核。結果黃之鋒被判入獄半年，周永康入獄七個月，羅冠聰入獄八個月。此文最初張貼在我的臉書(2017年8月22日)，此為修訂版。

† Chris Patten, "I think they will be remembered, and their names will be remembered, long after nobody can remember who I was, and perhaps nobody can remember who President Xi Jinping was." https://www.reuters.com/article/us-hongkong-politics-patten/jailed-hong-kong-democracy-leaders-should-be-source-of-pride-says-patten-idUSKCN1AY0YW.

起人和組織者。雨傘運動是香港歷史上最大規模的民主運動，歷時七十九天，有超過一百萬人參與。[*]這場運動以和平非暴力為號召，寫下現代公民抗命史重要一頁，並得到全世界的關注和支持。

從2013年1月戴耀廷先生提出「佔領中環」的構思開始，到接下來的兩年裏，香港社會經歷了：三次商討日、2014年6月22日全民公投、7月2日遮打道預演佔中、9月22日全港大專院校大罷課及其後一星期的「罷課不罷學」、9月26日學聯和學民思潮佔領公民廣場、9月28日警察發射催淚彈，並因此激發長達兩個多月的和平佔領。佔領地區包括金鐘、旺角和銅鑼灣，直到12月15日才由警方完全清場，前後達79天。

短短兩年間，香港社會翻天覆地，從此步入一個新時代。

整場運動的目的是甚麼？爭取真普選。[†]真普選理據何在？在於中方有責任兑現《基本法》承諾，放棄現行不公義的特權政治，還香港公民以平等的政治參與權。我們所爭取的，不外是民主國家公民享有的基本的政治權利。政治權利絕非可有可無，而是關乎人的尊嚴，也關乎整個制度的正義。

香港回歸以來，港人以最大的善意和耐性，等了又等，希望真普選早日到來。沒有人想過，等到最後，換來的是

---

* 香港中文大學傳播與民意調查中心於雨傘運動期間做的民意調查顯示，「共有兩成（約130萬人）在不同時間曾到佔領現場參與支持。雖然佔領運動由學生主導，支持者卻遍及不同人口群組及社會階層」。見http://www.com.cuhk.edu.hk/ccpos/images/news/TaskForce_PressRelease_141218_Chinese.pdf .

† 「真普選」是指普及而平等的、合乎國際標準的特區行政長官選舉。具體而言，是每個合資格的香港公民都有平等的提名、參選和投票的權利。

人大常委會的「8.31」決定，要求港人接受鳥籠式的虛假民主。堂堂大國，徹底背棄承諾。香港人不願屈服，遂奮起抗爭，追求命運自主。佔中三子挺身而出，雙學三子振臂高呼，實在代表萬千港人心聲。

怎樣抗爭？港人手無寸鐵，有的只是血肉之軀。血肉之軀可以幹甚麼？戴耀廷說，可以讓愛與和平佔領中環。所謂「佔領」，就是號召一萬名市民坐在中環街頭，阻塞交通要道，以身試法，和平地讓警察拘捕。這是不是很天真？確實有點；中國政府會否由於這種毫無殺傷力的公民抗命而給你真普選？確實不太可能。

可是現在回過頭看，佔中運動和雨傘運動，最觸動人心、最贏得世人同情的，正是它的道德堅持：和平、理性、承擔法律責任。看似最柔弱、最無力的，最後卻感召萬千港人走上街頭，加入這場浩浩蕩蕩的民主運動。*

2

所謂「衝擊公民廣場」，不明就裏的人也許以為很暴力，實際上不過就是一群學生爬過鐵欄，手挽着手坐在廣場中間，然後等待警察前來拘捕。整個過程中，示威者沒有傷害任何人，被捕時也不作出任何反抗。

9月28日下午，市民自發前往金鐘聲援學生，面對警察以胡椒噴霧和催淚彈攻擊，成千上萬示威者唯一做的，也就是惶恐四散然後再次聚集成群，悲憤大叫：「我是香港人，我要真普選！」那一夜，金鐘街頭沒有一輛警車被毀，沒有

---

* 我認為，「讓愛與和平佔領中環運動」和雨傘運動，是兩場相關但卻不一樣的運動。詳細理由可見本書第四章。

一家商店被搶掠，沒有一塊櫥窗被打碎。之後兩個多月的佔領，雖然沒有警察維持佔領區的秩序，港人卻真正做到高度自治和守望相助，共同度過一段烏托邦式的日子。

同樣重要的，是整場運動的組織者由始至終強調，會坦然承擔公民抗命的責任，包括法律後果。因此，佔中三子和一批追隨者，在最後清場前已主動向警方投案自首。2014年12月11日，以學生組織、民間團體及民主派政黨為首的二百多人，也主動坐在金鐘佔領區等候拘捕，包括李柱銘、余若薇、梁家傑等資深法律人。

主動以和平方式違反法律，同時又自願承擔法律懲處，到底為了甚麼？這不是十分荒謬且徒勞無功的事嗎？

—— 因為和平，你對政府毫無威脅；因為犯法，你要為此付出巨大的代價。

這確實叫人困惑。秘密在於人民。公民抗命的用心所在，是這些勇敢正直的先行者不惜通過自我犧牲，來彰顯法律和政府的不義，以期更多公民覺醒並加入抗爭行列，從而迫使政府順應民意作出改革。所以，抗命是否徒勞，要看我城有多少公民認同抗命背後的理念，並且願意共同負起時代之軛。

黃之鋒、周永康、羅冠聰今日從容入獄。接下來，戴耀廷、陳健民、朱耀明，以及其他大批抗爭者，也有很大機會面對法庭審判。我們要知道，坐牢，不僅意味着失去自由、留有案底，更意味着人生軌跡從此改寫，當中必有許多不為人知的苦痛和代價。從媒體報導可見，這些年輕人的父母目睹自己的孩子被戴上手銬時，都是傷心欲絕，淚灑法庭。

即使如此，他們也絕不言悔。黃之鋒入獄前一晚，回到公民廣場，對着上千同路人説，他以參加雨傘運動為榮。

當時我在現場，有着同樣的感受。我們何等榮幸，能夠在歷史的關鍵時刻，選擇一起站出來，為香港，為自己，也為我們下一代的權利和尊嚴而戰。我們雖敗猶榮——更何況我們遠遠未敗。

3

香港歷史上，很少有一場社會運動能吸引那麼多年輕人參與，並付出如此沈重的代價。鎂光燈下，也許我們只見到幾位學生領袖，但我們要知道，這場運動捲入數以十萬計一整代的年青人。他們放下學業，放下工作，放下青春年少的無憂，義無反顧地投身其中，最後傷痕纍纍。他們被迫早熟，從此青春一去不回。

務實精明的香港人啊，可否停下來想想，他們付出這麼多，到底所為何事？

我們必須承認，他們站出來，是為了爭取我們所有人——包括你和我——配享的權利，捍衛我們應有的尊嚴，並希望這個城市變得更好。香港如果有真普選，不僅黃絲有，藍絲也有；不僅黃之鋒有，警察也有。我們每個人都有。

站在這樣的歷史角度，我們便明白，戴耀廷、陳健民、朱耀明、黃之鋒、周永康、羅冠聰，以及所有因為雨傘運動而坐牢的人，都值得我們尊敬和感激。彭定康先生説得對，他們的名字定會長留香港民主運動史，並為後世銘記。如果事實並非如此，那麼責任便在我們。

至於那些對着傳媒公然説出甚麼「求仁得仁」、「出得嚟行，預咗要還」這類庸淺涼薄言論的人，恐怕只會遭世人恥笑，然後被徹底遺忘。這些人，忘記自己正在被奴役，忘記我們的制度有多麼不公正，忘記別人如何在街頭為他們爭取權利，更在別人受苦時加上一腳：誰叫你做，做了就要受罰。無論政府控告你甚麼罪以及判得你多重，你都必須接受，因為這叫「求仁得仁」。

請問這是甚麼道理？這是有教養的人該說的話嗎？

放眼歷史，蘇格拉底在雅典受審時，耶穌在耶路撒冷被釘十字架時，甘地為爭取印度獨立絕食時，馬丁．路德．金為黑人公民權利坐牢時，一樣有許多人在旁邊嘲笑，在背後擲石，然後洋洋自得。到了今天，誰還會記得這些人？!

我們可以軟弱，也可以沉默，但絕對不可以幸災樂禍和落井下石，更不可以要這些為香港付出最多的人孤軍作戰和背負罵名。所謂「為眾人抱薪者，不可使其凍斃於風雪；為自由開路者，不可使其困頓於荊棘」，這是同為香港人最基本的道義。*

是的，絕對不可以。

* 這句話據說出自大陸作家慕容雪村。

2　豁然的人*

1

8月14日晚上11時多，我掛心周豁然，於是在臉書給她發訊息。她很快回覆：「謝謝你，我想我可以勇敢、無懼、坦然地面對審判。晚上跟嚴敏華在一起，説到『屠夫』，想起『709大抓捕』受影響的人們，心裏惦記着。」

8月15日上午，上訴庭法官裁定，2014年6月13日反對立法會新界東北發展規劃撥款示威一案原審所判的社會服務令過輕，豁然和其他12位年青人被改為判囚13個月，即時入獄。

豁然沒有聘請律師，在庭上自辯時，重申自己沒有使用暴力，不會後悔，但會坦然承擔法律責任。港大教授何式凝當時在場，後來向我憶述，豁然在庭上並不慷慨激昂，也沒有和法官針鋒相對，而是異常坦誠、謙卑、自省，使她非常感動。

我也從媒體報道中得悉，法官看過豁然的陳述書後，多次問「709大抓捕」是甚麼，豁然坦然以告，那是指2015年7月9日中國政府大規模搜捕維權律師及維權人士，其中網名「超級低俗屠夫」的吳淦剛剛在天津受審，罪名是「煽動顛覆國家政權」。

在此重要關頭，豁然沒有為自己求情，反而利用這個機會，希望法官及公眾能夠稍稍關注中國維權人士的處境。法

---

*　原刊《明報．星期日生活》，2017年8月20日。

官回應說，此事與本案無關，法庭毋須就此作任何考慮。

這真教人無言以對。

這位法官大人一定以為，和其他犯人一樣，周豁然只在乎自己，故此想利用「709大抓捕」這個他不知是甚麼的東西來為自己開脫。他沒興趣甚至也沒能力去了解，到底是甚麼原因，使得像周豁然這樣的年青人，寧願失去自由也不放棄信念，無怨無悔地承受加諸其身的懲罰。

2

周豁然是誰？

這樣一位低調樸素，對名利幾近無求，且全副身心投入耕作保育的女子，到底是怎樣的一個人？

我上次見豁然，已是2014年12月11日，雨傘運動金鐘清場日。那天見到她時，她坐在人群最後，和土地正義聯盟成員朱凱廸、陳允中、葉寶琳等人在一起，安安靜靜，即使在陽光下，也並不起眼。我忍不住趨前小聲對她說，你之前已被捕兩次，這次就不要了。她微微一笑，甚麼也沒說。我無可奈何，其後大家被押去不同警署，遂無機會再見。

再上一次則是2014年7月2日凌晨，在中環遮打道預演佔中現場，豁然和上千市民在馬路通宵靜坐，清晨被警察抬走，成為511名被捕者之一。

當晚人太多，我甚至沒辦法走過去和她談上兩句，只能遙遙致意。我當時其實很擔心，因為她剛在立法會反東北示威中被捕，現在又坐下來公民抗命，不知道要為此承受多大代價。

在我的印象中，豁然是個害羞寡言、與世無爭的人。我

2012年暑假Co-China第一屆夏令營合影

認識她好幾年，真正聽她說話的時間，加起來可能不夠一小時。她一年內被捕三次，但被捕前被捕後，從不公開說半句話，也沒有人留意到她。

我隱隱覺得，她的選擇背後，有種非如此不可的內在力量。

3

說起來，我初識豁然，是在2012年暑假Co-China第一屆夏令營。夏令營在中大舉辦，來參加的都是有想法、有行動力的中、台、港學生，駐營老師有錢永祥、郭于華、梁曉燕、周濂、梁文道、張鐵志和許知遠等，而豁然分在我和錢先生那一組，因此很快熟絡。

夏令營很特別，整整一星期，學生和老師從早到晚待在一起，無間斷思想交流，討論異常熱烈，友誼迅速生長。

最後一夜，我們在崇基宿舍夜話，散場時大家拍了一張大合照。那時的香港，還沒有時代的傷口，學生的臉洋溢着青春的希望。我當時大聲説，希望十年後，我們之中沒有人會坐牢，眾人大笑。我當時擔心的，其實是內地同學，誰能料到，相片中的周豁然和周永康，竟在這星期相繼入獄。

我在那時知道，剛讀完大學二年級的豁然，經常組織同學到中國貧困農村推動基礎教育，是「中大學生小扁擔勵學行動服務團」的會長。豁然也參與創辦「中大農業發展組」，在校園推廣本土農業，例如聯合書院的有機園圃種植計劃，以及後來的「山城農墟」。

我這兩天找出當年豁然為了參加夏令營而寫的個人陳述，才留意裏面寫到：「我認為，參與社區工作必須做到以人為本，以人的整體發展為服務本位，採取行動以積極的手段盡到公民責任。我們先把人當人，再通過一定的方法，讓因為社會不公而導致窮困潦倒、權利被剝奪的人們不至於喪失希望。作為世界公民，我們需要培育的是『此時此地』的公民意識。」

接下來的2013年，豁然先後修讀了我的兩門政治哲學課，我們因此有許多機會和全班同學一起讀書、爬山、看電影。豁然也成為博群計劃的首位學生代表，經常和我及其他老師一起，商量如何提升同學的公民意識。我們為了保護新亞水塔免遭破壞，甚至一起發起過一場簽名運動。

我這兩天翻閱舊電郵，發覺豁然和我有過這樣的分享：「今天早上在聯合餐廳外面坐着，看你為《政治哲學對話錄》寫的序言，其中引用了康德所説的啓蒙，就是要從混沌不成熟的狀態解放出來。上完這學期的政治哲學，細細體味這些經典，我深刻感受到從混沌中走出來，然後回歸到與自己交談、與生命對話的分量。」

4

豁然畢業後，繼續關心新界東北發展計劃。甚至，為了紮根當地，她在2014年賣掉市區房子，和丈夫搬進古洞，一邊務農，一邊積極參與「古洞北發展關注組」的工作。用豁然自己的話，她希望古洞是安身立命之所。但這一點也不容易，因為一切從零開始，需要克服許多困難。

為甚麼要作這樣的選擇？

豁然在她向法庭遞交的陳述書中說得清楚：「第一是體會到新界的非原居民聚落，永遠不能遺世獨立在都會擴展的過程之外，而且往往成為最脆弱、最先被下手宰割的一群。第二是目睹了許多人，面對公權力逐漸侵入私人空間，表現得手足無措又無處申訴的窘迫困境。這些觀察，以及參與，使我深信唯有與這些人產生更大的聯結，我們才有機會走進對方的生命而交織形成相互支撐的力量。唯有與廣大的無權勢者在一起，才可能在多元的實踐和互動之中展現人的生命力和創造力。這是我始終保持不變的想法。」

這是怎樣的人格，又是怎樣的情懷。

2014年6月13日，這位從新界東北古洞遠道而來、在金鐘立法會示威的女子，不是要做甚麼英雄，更不是想煽動甚麼暴力，她只是盼望坐在立法會，手握無上權力的尊貴議員，在作出影響無數人福祉的決定前，願意聽一聽他們的吶喊和悲鳴。她盼望用她瘦小的身軀，守護家園。

這絕非我的個人偏見。此案原審裁判官溫紹明2016年2月判決時清楚表明，有人因家園被毀，想在政策落實前發聲是對的；發聲者並非為了個人利益，動機崇高值得尊敬。

是的，豁然犯了香港的法，並因此身陷囹圄。豁然沒有否認，並且坦然承受。

但問題的重點，不是豁然是否犯了法，甚至不是判刑是否過重，而是我們必須問：像周豁然這樣的年青人，為甚麼會走到這一步？我們的制度腐朽敗壞到甚麼程度，才會使得這些年青人不惜犧牲他們最寶貴的青春和自由，以期喚醒當權者的良知和改變沉默大多數的冷漠，只為我們的家園能夠變得好一點和公平一點？!

香港人啊，他們的牢，是為我們而坐。他們不是暴徒，是義人。

5

豁然，你入獄後，我這幾天來回奔走於金鐘和中大之間，細細回憶往事，斷斷續續寫下這些文字，常常忍不住難過掉淚。看着自己的學生和朋友一個一個入獄，很不好受。我沒經歷過這樣失去自由的日子，因此難以體會你們當下所受的苦。但我希望你知道，許多許多香港人，和你們在一起。

這值得嗎？香港值得我們這樣去愛嗎？

我會問。你會問。許多香港人這些日子一定也在問。

這樣問很痛苦、很艱難，但我相信，當愈來愈多人在乎這個問題，真正的命運共同體會慢慢形成。改變正在發生，一切絕非徒勞。

豁然，等你出來，我們繼續努力。

3　探監記*

2017年10月2日，中秋節前兩天，我去了羅湖懲教所探望周豁然。

豁然是我的學生，早前因反東北發展一案，連同其他十二位抗爭人士，被判刑十三個月。羅湖懲教所是所女子監獄，在上水河上鄉，離邊境很近，同案的何潔泓和嚴敏華也被囚禁於此。

按政府規定，在囚人士每月可接受兩次探訪，每次最多三人，限時三十分鐘。我這次去，是由豁然的丈夫郭先生安排，同行的還有豁然的好友坤翠和秋爽。郭先生體貼，特別在上水火車站接我們，然後陪我們坐51K小巴去懲教所。

那天陽光燦爛，天空蔚藍，小巴轉入河上鄉路後，沿途有樹有花有狗有村屋，我差點以為自己是去郊外遠足。坐在我旁邊的坤翠告訴我，豁然入獄前，就住在這區的古洞，每天出外乘坐的，是同一輛小巴。坤翠又說，豁然曾經告訴獄中的朋友，明年自由之日，她要用腳步行回家。朋友都羨慕她的家離監獄這麼近。

1

二十分鐘後，小巴抵達懲教所。

---

* 原刊《明報．星期日生活》，2017年10月8日。

甫下車，我竟然見到我的學生岑敖暉迎面走來。原來他剛剛探完女朋友何潔泓，正打算離開。我上一次見敖暉，已是8月17日，在金鐘高等法院的事。那天是周永康、黃之鋒和羅冠聰判刑之日，我們和許多朋友一起去聲援，也作最後道別。*

那天我在人群中見到敖暉，見他一臉憔悴哀傷，瘦弱到我就快認不出來，忍不住和他擁抱一下，結果大家泣不成聲。我實在沒料到，我們再次見面，不是在校園咖啡室，也不是在犁典讀書組，而是在監獄門外。

我在香港多年，從來沒探過監。我對監獄的想像，完全來自港產警匪片：荒涼、冷酷、戒備森嚴。所以當我站在羅湖懲教所前，真覺得有點難以置信，因為它徹底顛覆了我的想像。

從外面看上去，懲教所完全像一幢商業辦公大樓，用料考究，設計大方親切，沒有半分教人恐懼的暴力氣息。步入大堂接待處，也是寬敞潔淨，陽光從落地玻璃灑進來，照得一室明亮。如果不是見到那些穿着制服的懲教署職員，我真的很難想像這是一座關着一千四百名囚犯的中度設防監獄。

探監手續並不複雜，我們只需填一張簡單表格，遞上身份證，待職員將資料輸入電腦後，便可以坐下來等候。職員的態度相當友善，沒有特別為難我們。

我們給豁然帶來的書，也在這個時候交給職員檢查。關於書，有嚴格規定。每月最多只可送六本，不可以有硬皮封面，也不可以在上面書寫任何文字。那天我和秋爽各自帶了

* 雨傘運動期間，岑敖暉是學聯副秘書長，學聯五子之一。

幾本書來，但由於配額不夠，最後只能選送四本，分別是Tony Judt的 *Reappraisals*、David Graeber的*Revolutions in Reverse*、黃錦樹的《雨》和我的《在乎》。秋爽告訴我，豁然也想看Will Kymlicka寫的 *Contemporary Political Philosophy*，那是我教「當代政治哲學」時用的參考書。

2

等了大約十五分鐘，便輪到我們。進去探訪室前，我們要接受安全檢查。除了手錶和紙巾，任何物品都不能帶進去。不過過了安檢後，職員會給我們一張紙一支筆，方便會面時記下重要事項。

探訪室在一樓，有道厚重的鋼門。進去前，職員先用對講機通知，再由裏面的人給我們開門。進去後，我才知道探訪室是個長形房間，我們坐一邊，在囚者隔着厚玻璃坐在另一邊，並劃為一個個小格，長長一排足有三十多個。每個小格前面放着三張椅，檯上放着三部電話，我們只能隔着玻璃，用電話和對方交談。我走在前面，遠遠看見豁然已經坐在其中一格等候，忍不住在人群中向她揮手，並快步走過去。

真箇是久別重逢。

豁然的頭髮長了出來，濃黑濃黑，不再是之前的光頭妹，臉色紅潤，笑起來燦爛燦爛。

我問豁然獄中讀書情況，她說環境不是太理想，因為白天必須輪班在廚房工作，很消耗體力。晚上住的是十五人倉，室友將電視聲量開得很大，室內又熱又吵，人很難安靜下來。至於寫信，由於沒有書檯，只能坐在床上，將紙放在膝蓋上寫。

說着說着，豁然聲線突然緩和下來，看着我們說，在中大讀書的日子，是她一生最快樂的時光，此刻回想，真的很懷念很懷念。說到此處，豁然兩行眼淚終於忍不住滑下來。我的心也驀地酸了，想不出半句安慰說話，下意識想將手裏的紙巾遞過去，卻馬上發覺並不可能。

秋爽很聰明，立即轉換話題，告訴豁然古洞家旁邊的柿子已經熟了。豁然一臉興奮，說好想回家摘柿子。

我問豁然，在獄中甚麼時候感到最辛苦。她停頓了一會，然後帶點尷尬地說，不是別的，是便秘。我暗暗一驚，問，是由於飲食不適應嗎？她說，不一定，便秘是許多囚友的共同經驗。她估計是由於每個人都承受着許多自己也意識不到的壓力，因此影響身體機能正常運作。

我又問，那麼甚麼時候感到最輕鬆？豁然說，一天中最愉快的時刻，是下午兩點至三點放風的時候。在那個時段，可以一個人在獄中操場散散步，能夠見到外面的山、樹和天空，還能夠一天一天感受秋意的來臨。

3

三十分鐘的見面，實在很短，更何況是三個人一起，所以我們都爭取機會快說，時而傷感難過，時而相視而笑，時而又說些明知沒甚麼用的、傻傻的安慰說話。

坤翠是馬來西亞人，在中大中文系讀博士時認識豁然，其後和豁然一起參與各種保育運動，並和豁然一樣喜歡大自然。我猜她一定熱愛下廚，所以甫坐下來第一句話便是：豁然，我很掛念你，你出來後，我要做飯給你吃，而且要做許多頓。據說重要的事，必須講三次，所以坤翠在短短會面中，至少和豁然說了三次「我要做飯給你吃」。

秋爽是湖北人，人如其名，爽朗熱誠，拿全費獎學金來中大讀社會學，是豁然最好的知己，多年來形影不離，患難與共。豁然入獄後，大大小小各種事務，都由她照應。她見到豁然，雖有千言萬語，卻不慌不忙，先將各種要緊事和豁然交代清楚，然後將大部份時間留給坤翠和我，只在間隙插上幾句，告訴豁然一些趣事。我明白，對秋爽來說，豁然是一生一世的朋友，不爭這朝夕。

坤翠和秋爽不是土生土長的香港人，卻因種種緣份，和豁然相識相知，並走着一條大部份港人眼中很傻的路。是的，在乎土地，在乎動物，在乎弱勢社群，在乎自己是否活得善良正直，在這個世代，確實是另類中的另類。

我站在旁邊，看着這樣的好風景，雖然心裏讚嘆，卻有許多不忍。

豁然和其他十多位坐牢的年青人，在人生最美好的年華，為着一些自己深信的價值，義無反顧地做了一些事，希望這個世界因此變好一點，或者至少不要壞下去，結果卻是失去個人自由，並在獄中承受種種難以言說之苦。

他們這樣做，值得嗎？

豁然入獄後，我常常想到這個問題。說實在話，這段日子看着自己認識的年青人一個一個身陷囹圄，真的很不好受。但我漸漸意識到，當我們問是否值得的時候，多少是將自己放在一個評斷者的位置，並要求他們向世人及世人的價值觀交代。

但我們憑甚麼要他們作出交代？他們已為這個城市付出這

羅湖懲教所

樣的代價，為甚麼不是我們向他們交代，往後日子如何定當善盡己責，莫使這些先行者辛苦走出來的路很快又再荒蕪？！

4

時間到了。懲教署職員說。

豁然站起來，和我們揮手道別，然後轉身，消失在門後。

豁然出獄的日子，是2018年5月4日。

我們期待那一天。*

---

* 周豁然和其他七名被告在2017年11月24日獲法官批准保釋出獄，並於2018年9月7日獲終審法院裁定上訴得直，當庭釋放。

4　兩場運動，一場審判*

「若我們真是有罪，那麼我們的罪名就是在香港這艱難的時刻仍敢於去散播希望。入獄，我不懼怕，也不羞愧。若這苦杯是不能挪開，我會無悔地飲下。」†

2018年12月12日早上，戴耀廷教授站在西九龍法院第三庭被告席，清楚、堅定、同時又略帶傷感地用英文結束了他的結案陳辭。我坐在旁聽席上忍不住鼓起掌來，其他朋友跟着和應，掌聲於是在法院迴盪。大家雖不言語，卻有一份無法言說的莊嚴和悲壯。法官沒有表示不滿，倒是職員頻頻揮手叫我們停下，恰在此時有人推門，另一輪掌聲遂遠遠地從法庭外面傳來，恍如和應。

戴耀廷難掩激動，坐下來後第一時間望向坐在我旁邊的李柱銘先生，李先生舉起大拇指向他致意。十一時多休庭，李柱銘第一時間站起來走到被告席出口處，和戴耀廷緊緊擁抱。

我也趨前和戴教授握手。他說，我的結案陳辭就是我的最後一課。我們相視而笑。我知道他為甚麼這樣說。11月14日，聽完陳健民教授在中文大學榮休前的「最後一課」後，戴教授和我開玩笑說，他很擔心他的最後一課要怎樣上才能

---

*　原刊《明報‧星期日生活》，2018年12月16日。文章有重大修訂。

†　結案陳辭全文可參考：https://www.inmediahk.net/node/1061189.

像健民那般精彩。[*]當時他一定無法料到，他的人生最輝煌的一課，原來不是在大學講堂，而是在法庭。

1

我當天在現場聽着戴耀廷自辯，腦中不自禁想到的，是公元前399年雅典城邦如何審判蘇格拉底。在那場審判中，蘇格拉底被控「腐蝕年青人心靈」和「信奉異端之神」，並必須在501人陪審團及其他雅典公民面前，為自己的信念和行為辯護。蘇格拉底是西方哲學之父，以追求智慧為其畢生志業。蘇格拉底的學生柏拉圖當時在現場，目睹整個自辯過程，後來寫成〈蘇格拉底的自辯〉，成為千古絕唱。[†]

蘇格拉底最後被陪審團裁定有罪，並判處死刑。

戴教授不是蘇格拉底，但他一介書生，無畏無懼，自2013年1月在《信報》發表〈公民抗命的最大殺傷力武器〉以來，聯同陳健民教授和朱耀明牧師，為爭取真普選而發起「讓愛與和平佔領中環」運動，在香港實踐出公民抗命的理念。戴耀廷一步一步從大學法律教授走到被告席，其正直、勇氣、承擔，不啻是香港的蘇格拉底。

戴教授犯了甚麼罪？

香港政府控告他三宗罪：煽惑他人犯公眾妨擾罪；煽惑他人煽惑犯公眾妨擾罪；串謀犯公眾妨擾罪。細節我們這裏

---

* 陳健民的最後一課「毋忘燃燈人 —— 向啟蒙者致敬」，視頻：https://www.youtube.com/watch?v=cRIWSTtFw4E；文字版可參：https://www.inmediahk.net/node/1060933.

† Plato, "Apology of Socrates" in *The Trial and Execution of Socrates*, ed. Thomas C. Brickhouse & Nicholas D. Smith (New York: Oxford University Press, 2002), pp.42–65. 中譯本可參王太慶譯，《柏拉圖對話集》(北京：商務印書館，2004)，頁25–55。

不談，關鍵在於他推動和平佔中運動並鼓勵市民出來支持雨傘運動，從而導致控方所說的「公眾妨擾」，亦即堵塞交通及擾亂社會秩序。這明明是一場政治審判，在香港法律語境下，卻成了一宗刑事審訊。於是，被告的政治信念及參與行動的道德理由，法庭都視而不見，不加考慮。

今天站在法庭受審的戴耀廷、陳健民、朱耀明、鍾耀華、張秀賢、陳淑莊、黃浩銘、邵家臻和李永達，都是正直良善之人，為甚麼會走到這一步？說到底，就是因為他們站出來為我們所有人爭取應有的政治權利，希望香港有真普選。這九位朋友，本是教授、牧師、議員、學生、社工、律師，本來大可以像許多香港人那樣安逸生活，並對社會不公保持沉默，但是他們選擇了另一條路，最終很可能身繫囹圄，他們和家人因此都承受着難以想像的痛苦。

他們為甚麼要這樣做？用陳健民教授在法庭自辯的話，都是出於對香港的愛。

2

在這場大審判中，由於只有陳健民選擇自辯和戴耀廷選擇結案陳辭，於是我們從媒體報導中見到的，主要是「讓愛與和平佔領中環」的故事。和平佔中的目標，是爭取真普選，其最後手段是公民抗命，而公民抗命必須公開、和平、非暴力、有紀律、可控和可預期，參與者必須充份知情及同意承擔法律責任，亦必須將行動對社會秩序帶來的影響減到最低。

為甚麼非要用這種違法方式來達到目的不可？戴教授解釋，只有通過這種自我犧牲，才能最大程度地彰顯制度不公及喚起大多數人的良知。戴教授又告訴我們，根據原來計劃，「舉行公眾集會的地方是遮打道行人專用區、遮打花園及皇后像廣場，時間是由2014年10月1 日下午三時正開始，最長也不會超過 2014年10月5日。」

如果和平佔中真的如期發生，這樣的抗爭能否真的大大激發市民的正義感，甚至促使中國政府撤回人大的「8.31決定」？恐怕不是那麼樂觀。不過，這種揣度意義其實不大，因為後來的歷史告訴我們，設想中的佔領中環最後沒有發生。

2014年9月26日學聯和學民思潮領導的佔領公民廣場行動，以及9月28日市民佔領金鐘馬路和警方發射87枚催淚彈引發的一連串事件，徹底改變了佔中三子計劃的一切。從那時候開始，香港人真正參與的，是雨傘運動。

和平佔中及雨傘運動，無論它們之間有多少歷史交纏，組織者名單有多少重疊，都是兩場不同的社會運動，兩者的目標、手段、組織、規模、參與者的動機和構成等，都很不一樣。香港政府將兩場運動混而為一，並將雨傘運動的大部份責任歸咎於佔中三子，確實是天大的誤會。媒體將被告九人統稱為「佔中九子」，也令人哭笑不得，因為九人中有好幾位並沒有參與過和平佔中運動。如果真要有個統一稱呼，「佔領九子」也許更加合適。

3

這不是我的主觀臆測。如果大家細讀陳健民和戴耀廷的庭上發言以及辯護律師提出的抗辯理由，我們會清楚見到，他們的論述主要是關於和平佔中的理念和實踐，以及指出他們為何不能為長達79天的佔領運動負責。[*]

這樣的回應，也許有法律辯護策略上的考慮，但離實情不遠。正如戴教授所說，9月28日之後大規模佔領運動的出現，最直接也最主要的原因，是香港政府和香港警察發射催淚彈及過度使用武力所致。

現在回望，我們甚至可以說，戴耀廷教授在9月28日凌晨，在金鐘政府總部示威區大台宣佈正式啟動和平佔中那一刻，其實就是它結束的一刻。

這種說法看似荒謬，甚至頗為殘酷，不過確實如此。最明顯的證據，是在戴耀廷宣佈計劃啟動後，現場示威者迅即大規模離開，本來幾千人剩下不足幾百人。為甚麼呢？因為這些示威者認為他們出來是支持學生，而不是支持和平佔中。他們感覺自己被騎劫了。梁思眾導演的紀錄片《傘上：遍地開花》清楚紀錄了當晚的情形，例如部份學生苦苦哀求示威者不要離開，長毛跪下來懇求示威者要為大局着想，以及戴耀廷被許多年青人包圍指責。[†]

---

* 可參考楊子琪，〈佔中九子庭審筆記：在陳健民的自辯裏，79天佔領是否他計劃內的佔中？〉《端傳媒》，2018年12月3日。https://theinitium.com/article/20181203-hongkong-occupy-central-trial-record-2/.

† 陳健民在法庭接受辯方律師盤問時，作了如下陳述：

陳：宣布佔中好短時間後，我們已經見到人群在離開。

辯方：第一被告(註：戴耀廷)有否去一個特定的地方，拿着擴音器，嘗試與人們講話？

陳：因為離開我們台比較遠的人是聽不到我們的廣播，所以戴耀廷和朱耀明牧師就走去立法會「飯煲底」下的地方，向群眾解釋這是我們和學聯的共同決定。

辯方：他們有否成功阻止大家離開？

陳：據我所知，沒有。學生領袖都好緊張，比如我記得他們不讓我們再站在台上，所以當時我們只能坐在台下的邊上。

辯方：戴教授不成功的遊說沒有阻止到人們離開？

這並非任何人，包括戴耀廷本人，所能預計。但我們必須承認，這是歷史。佔中運動和雨傘運動的分裂點和轉捩點，就發生在戴教授宣佈佔中那一刻。在那之前，沒有人想過，走上街頭聲援學聯和學民思潮的年輕人，原來和三子推動的佔領中環運動，有那麼大認知和認同上的距離。

據中文大學新聞與傳播學院李立峯教授的調查，因為響應及支持佔中三子而參與佔領運動的，僅有6.5%；而戴耀廷在結案陳辭中明言：「在警方發放 87 催淚彈及使用過度武力後，一切都改變了。如此發放催淚彈是沒有人能預見的，事情再不是我們所能掌控。到了那時候，我們覺得最重要的事，就是帶領參加運動的人平安回家。在發放催淚彈後的無數個日與夜，我們竭力用不同方法去盡快結束佔領。」

由此清楚可見，因應情勢的急劇轉變，三子不得不提早宣佈佔中，並成為佔領行動五方平台之一，但雨傘運動實際不是由三子領導，也遠遠不是他們預期中那種形式和規模的公民抗命。所以9月28日之後，他們給自己的任務，不再是領導佔領運動，而是盡快結束佔領運動。

佔中三子和學聯及學民思潮在整場運動的最大矛盾，恐怕在此。

道理不難理解。對「雙學」來說，既然群眾已經站出來，佔領已經成事，那麼就必須不負抗爭者所託，承擔起領

陳：對。

辯方：添美道大概有多少百人留下？

陳：如果去到第二天黎明時間，9月28日，我覺得剩下幾百人在添美道那裏。

辯方：早於公布之前，你的估計是當時有多少人在那裏？

陳：我想幾千人，起碼，在那裏。

以上紀錄，見上引楊子琪，〈佔中九子庭審筆記〉，《端傳媒》，2018年12月3日。

導責任，一方面團結群眾留守街頭，一方面努力與政府談判周旋，以期爭取最大成果。但對佔中三子來說，這已經不是他們預期，也不是他們能夠主導的運動。[*]他們目睹發生的一切，見到年輕人前仆後繼，心憂如焚卻無能為力，因為這已不再是佔中運動，而是雨傘運動。

4

為甚麼會這樣？究其根本，除了各種歷史偶然因素，我想主要原因，是雨傘運動遠遠溢出了佔中三子對「公民抗命在香港」的想像。雨傘運動的自發性、參與者動機的混雜性、抗爭手段的多元性，以至對現存體制的顛覆性，都和他們原來計劃中靜坐數天便自願被捕繼而結束運動的想像，有天淵之別。[†]

這個分別，不僅反映出兩種不同的抗爭策略，更反映了兩種不同的對社會運動的理解。戴教授的公民抗命，深深植根於他的法治理念。公民抗命只是手段，法治才是目的，因此這個手段無論多麼激進，也不能踰越對既有法律秩序乃至政治秩序的基本忠誠，並必須在一個清楚規劃且能嚴格執行的框架之內來操作。佔中是一場集體行動，參與者必須清楚

* 例如在2014年10月21日，由政務司司長林鄭月娥為首的政府談判中，代表佔領方出席的便是學聯五位代表，而非佔中三子。佔領期間，三子提出的各種離場方案(包括現場公投及通過民主黨立法會議員何俊仁辭職間接推動全港公投)，最後都不得要領，胎死腹中。

† 根據陳健民在法庭上的自辯，「第一不同是添美道佔中主題是支持學生，主題不同，第二是領導權不同，第三是組織的方法，第四是參與者的組成。」楊子琪，〈佔中九子庭審筆記：獲許上台宣佈佔中，三子與學生有誤會？〉，《端傳媒》，2018年12月10 日。https://theinitium.com/article/20181210-hongkong-occupy-central-trial-record-3/

抗爭的目標和後果，並服從組織者定下的規則和紀律。

雨傘運動顯然不是這樣的一場運動，雖然它也以爭取真普選為大目標，也強調和平非暴力的重要，但從爆發一開始，便已是一場去中心化、去組織化的運動。長達兩個多月的佔領，個體和團體各以不同身份及方式參與其中，賦予運動多元混雜的目標和意義，而且沒有任何一個組織能夠主導運動的發展。

例如，對不少「傘民」來說，公民抗命和真普選不一定是他們參與佔領的主要動力，動力反而來自在佔領區中，體驗到一種香港從來不曾有過的自主、互助且富於創造性的集體生活，因而見到活在香港的另一種可能。對喜歡藝術創作的朋友來說，佔領區則提供了一個不曾有過的公共空間，讓他們試驗各種公共藝術；而對喜歡音樂、閱讀、公共演講的朋友而言，佔領區又是另一片天地。

儘管如此，我必須強調，以上所說並不意味着和平佔中運動本身沒有意義，更不是說兩場運動之間沒有延續性。恰恰相反，我認為如果沒有戴耀廷率先倡議佔領，並在短短兩年間激起香港社會熱烈討論，那麼就不可能有2014年7月2日的預演佔中，以及「雙學」後來規劃的更為激進的抗爭行動。任何一場大型社會運動，都有各種因果關係及難以預見的連鎖反應。佔中和傘運，雖然是兩場運動，但確實有千絲萬縷的聯繫。

5

既然是兩場不同的社會運動，那麼在這場大審判中，有誰來為雨傘運動辯護？

很奇怪，可說沒有。

九位被告中，學民思潮沒有代表，學聯五子有四人不在，只有鍾耀華為代表。他和張秀賢等其他幾位被告，都選擇了放棄自辯。*於是這場明明是關於雨傘運動的大審判，媒體焦點卻幾乎全部集中在和平佔中發起人戴耀廷和陳健民教授身上，因為只有他們選擇在庭上發言，而他們的故事，自然是從和平佔中的視角來展開。

於是，客觀效果上，這場審判出現一種錯置，就是將佔中運動等同於雨傘運動，使佔中論述等同於雨傘論述，但如果大家同意我上面的分析，那麼佔中三子其實不可能代表雨傘運動，這樣對他們不公平，對傘運也不公平。雨傘運動組織者及參與者的聲音，在這場審判中，相當大程度上缺席了。

就我所見，整場審判迄今最動人一幕，是法官、律師、被告、記者，還有庭內庭外所有支持者一起觀看《傘上：遍地開花》的時候。為甚麼？因為這部紀錄片以最直接、最有血有肉的方式，告訴我們雨傘運動是怎麼一回事。在攝影師的鏡頭下，我們實實在在感受到抗爭者的憤怒、哀傷、團結和對這個城市的愛。

我相信，那是法官和眾多律師不曾見過的真相。甚至連我們這些傘運參與者，如果沒有鏡頭的提醒，都也許已漸漸忘記，當年的我們原來曾經如此勇敢美麗。

對於這樣的錯置和缺席，我確實感到遺憾。我當然明白

* 其他四子是周永康、岑敖暉、羅冠聰和梁麗幗，前三人因為雨傘運動其他案件而已被起訴。其中周永康、羅冠聰及學民思潮的黃之鋒，因為2014年9月26日帶領衝擊公民廣場而於2017年被判入獄。

這是法庭，不是自由論壇。法庭有法庭的遊戲規則和各種限制，政府作為檢控方，更有它的各種盤算，所以期望法庭還原歷史真相及公正評價運動，是不切實際的；另一方面，我也理解，坐在被告席的朋友早已身心俱疲，更何況他們也未必有要在法庭為傘運辯護的念頭。

不過，正因為理解這些外在及內在限制，我更加佩服戴耀廷、陳健民和朱耀明三人。他們從2013年一路走來，承受的壓力和付出的代價，外人難以想像。但他們一直有清晰的信念、明確的目標、旺盛的鬥志、清楚的分工，以及聰明的策略。所以，即使面對法庭各種限制，他們仍然對此平台多加利用，繼續傳播公民抗命和爭取真普選的信念，真的非常了不起。

例如，戴耀廷在最後一刻辭退辯護律師，親自在法庭公開宣讀一早準備好的結案陳辭，為他們的公民抗命理念作了清晰、完整、有力、感人的辯護，便是神來之筆。佔中三子「手空空無一物」，卻憑着他們的政治信念、社運經驗和道德人格，在過去五年中為我們作了最好的公民抗爭示範，最後還在法庭上贏得媒體和公眾普遍的同情和支持，確是令人敬佩。

6

既然如此，我遺憾甚麼？

我遺憾在這場審判中，雨傘運動沒有得到同樣程度的關注和辯護，而傘運值得回顧、肯定和檢討的地方實在太多。傘運的目標、傘運的抗爭和組織策略、傘運的民主機制、傘運的性別和階級意識、傘運中的警察暴力和警民關係、傘運對年輕世代的政治啟蒙、傘運對一國兩制的挑戰及本土思潮的孕育，以及傘運精神的延續和承傳，如此種種，都值得我們認真對待。

也許，法庭不是一個處理這些問題的好地方，那麼該在甚麼地方？也許，一眾被告不是回應這些問題的合適人選，那麼甚麼人才合適？這值得我們每個傘運參與者思考。如果我們輕省地放下這些問題，又或將問題推給別人，然後集體遺忘，那麼在接下來更為艱難的社會抗爭中，我們很可能便要付出更大的代價。如果佔中三子能夠一直堅持走下去，我們這些更年輕的，為甚麼不可以 ?!

雨傘運動不是別人的運動，而是我們每個人的運動。這場審判挑選了其中九位作被告，但它實際上也在審判我們每一位參與者。如果我們無法在法庭為雨傘運動辯護，那麼我們便要在公民社會辯護；如果沒有人能代表我們去辯護，那麼我們便要為自己辯護。

12月14日審判結束後，鍾耀華步出法庭，打破沉默，在媒體面前和所有香港人說了以下一番話：

> 大家回想一下，9.26、9.27的時候，大家怎樣和警察對峙，怎樣抵禦警察的襲擊？大家記不記得，9.28衝去金鐘時，你的緊張、對香港的關心、害怕和朋友失聯的狀況？法庭能否捕捉到這些？能否捕捉到你的血汗和眼淚？能否捕捉到，在這麼長的運動中，我們如何互相砥礪和彼此支持？你旁邊營幕的人如何成為你的朋友？你怎樣在每天日常生活中花時間來到佔領現場，怎樣頂着

> 生活重擔，也覺得必須參與這場運動？我想這些片段，還有你的無奈、你的失望、你的堅持，是不能夠被法庭捕捉的。如果我們要真相，這些就是真相，而法庭捕捉不到這些真相。因此，我覺得無論結果如何，判多久也好，怎樣審訊也好，它其實不能夠審判我們。真正能夠審判這場運動、審判我們的，是我們自己。

鍾耀華這番話說得很好，我很認同，惟有一點我認為不是十分準確。我們活在國家之中，法庭代表國家行使權力。如果我們犯了法，法庭確實有權審判我們，即使它的裁決可能不公平。我們不能說，因為我們認為法庭判錯了，所以它便失去應有的權威。*

真正的問題在於，即使法庭判九子有罪，是否便代表佔中運動和雨傘運動失去正當性？不是的。傘運是否正當，視乎運動抗爭的目標和手段，能否得到合理辯護。如果可以，那麼即使官司輸了，我們仍然站在對的一方。法律上犯了法，和道德上犯了錯，可以是兩回事，而後者往往比前者更為重要。

這場審判最大的問題，是法庭完全忽視兩場運動的道德正當性問題，純粹訴諸既有法律條文，去處理所謂煽惑他人公眾妨擾問題。在此意義上，法庭確實並沒有真正審判過這兩場運動。例如，法官並沒有認真考慮公民抗命的合理性，以及一眾被告選擇公民抗命的理由。

---

* 除非我們認為，整個司法制度事實上已極度不義，因此我們再沒有服從它的義務。

那麼，我們如何能夠肯定自己站在對的一方？

這需要我們提出合理的理由來為我們的行動做公開辯護。在此意義上，我們需要一場蘇格拉底式的辯護。我們需要追問，甚麼是正義社會的道德基礎，這個基礎在甚麼意義上能夠保障人的根本權益和捍衛人的尊嚴，而人的權益和尊嚴建基於怎樣的人性觀之上，這種人性觀為甚麼又是合理和值得追求的。

只有對這些問題有深刻認識，我們才能更好地理解和平佔中和雨傘運動，然後才能更好地一起前行。*或許經過這樣的反思，我們會更清楚地見到，雖然和平佔中和雨傘運動是兩場運動，但在追求香港民主和實踐命運自主的大方向上，所有不認命的香港人，都有着同樣的信念和精神。

---

* 此處可參考關信基教授的觀點：「法治理念的基礎在於對人性看法和怎樣的社會能符合人性生活。人性帶出『人性尊嚴』的假設，否則『非人生活』會變成可容忍的。如何才能有『人性尊嚴』？首先要有命運自主。佔中九子行為的出發點是為了爭取香港人的命運自主及自行管理家園的權力，命運自主也是民主運動正當性的最終依據。而佔領運動對香港民主進程的貢獻就在於，嚴肅、真情、無私的呈現。」，香港電台，《香港家書》，2019年4月27日。

5　我們的黃金時代

忙亂了一整天，從昨天一大早趕到法庭到此刻夜闌人靜，沒有休息過半刻，真是疲倦不堪。此刻終於能坐下來，稍稍整理昨天的所見所感。*

2019年4月9日，西九龍裁判法院，戴耀廷、陳健民、朱耀明、陳淑莊、邵家臻、張秀賢、鍾耀華、黃浩銘、李永達全部被判罪名成立，控罪是他們在和平佔中運動及雨傘運動期間，串謀作出公眾妨擾、煽惑他人作出公眾妨擾，以及煽惑他人煽惑公眾妨擾。†

當天下午，被告求情環節開始。戴耀廷和陳健民選擇不發言，唯一請求是希望法官能體恤朱耀明牧師的年紀和健康，能夠免其牢獄之苦。接着是朱耀明牧師作為第三被告，站在被告欄宣讀〈敲鐘者言〉。朱牧的演講長達45分鐘，期間數度掉淚，場內外支持者及無數香港市民無不動容，同聲一哭。‡

---

* 此文初版是在睡眠極度不足且情緒激盪下寫成的臉書感言。此為增訂版。關於法庭現場觀察，也可參考鄭美姿，〈看大狀看法官，看九子以外的世情〉，《明報．世紀版》，2019年4月15日。

† 我會在下文簡稱他們為「佔領九子」，而不是「佔中九子」。至於「佔中三子」指的則是戴耀廷、陳健民和朱耀明。

‡ 朱耀明，《敲鐘者言——被告欄的陳辭》。https://www.inmediahk.net/node/1063393.

昨天我坐在法庭內，親眼見證這場歷史性審判。*

1

雨傘運動是香港有史以來最重要的民主運動。佔領九子作為代表受審，自然吸引本港及國際媒體前來報導。不過，這場審判還有一重很重要但卻遭人忽略的意義：它本身就是公民抗命運動的一部份，而不僅是對一場已經結束四年多的社會運動的清算。在此意義上，佔中運動尚未結束，法庭就是戰場，而且是至為重要的戰場。

為甚麼呢？我們應記得，公民抗命的目的，是要通過和平非暴力的違法，彰顯制度不義，激發公民覺醒，然後一起推動社會改變。是故審判如何進行，控辯雙方呈上甚麼證據，被告留下甚麼自辯，法官的判決和量刑理據，媒體報導，以及廣大市民的迴響等，對整場公民抗命運動的成敗，都有關鍵影響。佔中三子對此十分清楚，並為此做了充足準備。

可是準備歸準備，畢竟他們已成被告，沒有他人配合，也是有心無力。這場審判牽涉各色人等和不同機構，要引起社會關注並激起市民義憤，任何一個環節出錯便功敗垂成。異常幸運地，這場大審判的不同參與者，皆各司其職，盡其本分，因而成就了這樣一場有重大歷史意義的審判。

此刻坐下回想發生的種種，我竟有難以言說的感激。身為香港人，身為傘運參與者，我很感謝這些人努力成全了事情。我深知這一切並非必然，是故，我願以拙筆記下我的謝忱。

---

* 法庭旁聽席座位有限，每位被告可有兩張家屬旁聽券。被告張秀賢是我的學生，他慷慨地給了一張給我。

2

首先是主審法官陳仲衡。香港法制下，法官權力很大，法庭審判如何進行，法官的決定往往就是最終決定。在這場審判中，陳法官作的幾個決定，影響重大，並相當根本地影響了整場審判的歷史意義。

首先是2018年12月6日，陳法官接納辯方請求，容許香港中文大學新聞與傳播學系李立峯教授作為專家證人，在庭上報告他在佔領運動期間所做的一份民意調查的研究結果。這是香港首例。這個調查告訴我們，只有6.5%的受訪者是因為「響應同支持佔中三子」而參與佔領，而85.3%受訪者認為「爭取無篩選的選舉」是他們參與的原因之一。

其次是在12月12日，陳法官容許戴耀廷臨時辭退他的代表大律師麥高義，並由他本人站在被告欄，親自宣讀他的結案陳辭〈公民抗命的精神〉。* 再然後便是在2019年4月9日，容許朱耀明牧師在被告席宣讀他的〈敲鐘者言〉。這兩篇講辭，極為重要。如果他們不能在庭上親自宣讀，效果必然大打折扣。

所以，姑勿論我們是否認同陳法官的判決，我們還是應該感謝他容許這一切在庭上發生。我後來問過李柱銘先生，他也認同法官確實做得不錯，因為法官如果不想這一切如此發生，總是可以找到理由留難被告和律師。我昨天聽着朱牧師佈道式的陳辭時，心裏也暗暗詫異，畢竟容許一位被告在庭上從容宣講四十多分鐘，並非易事。

---

* 這份結案陳辭本身沒有題目，「公民抗命的精神」是陳辭第一節的標題，不少媒體於是以此作為題目。

我們也要感謝為九位被告辯護的律師團隊：代表佔中三子戴耀廷、陳健民及朱耀明的麥高義大律師、代表陳淑莊的王正宇大律師、代表邵家臻的彭耀鴻大律師、代表張秀賢的潘熙大律師、代表鍾耀華的戴啟思大律師，代表黃浩銘的駱應淦大律師，以及代表李永達的蔡維邦大律師。他們都是地位尊崇的資深大律師，背後還有一整個協助的律師團隊。記得開審前，媒體報導說，如按正常收費，這場官司的律師費定是天價。我們後來知道，他們許多都只收取了象徵式費用，甚至義務幫忙。*

他們的仗義相助，不僅令九子在金錢上沒有後顧之憂，更向香港社會傳遞了一個重要訊息：這場審判並非九位被告的私事，而是關乎重大公共利益；這宗案件並非簡單的刑事案，而是關乎香港歷史最重要的民主運動。他們一定明白，這宗官司意義重大，身為法律人，身為香港人，他們責無旁貸。

3

這場審判的主角，無疑是佔中三子。如果沒有他們三人的努力，審判決不可能得到那麼多的社會關注和支持。而且，來到今天，我們應該見到，他們三人在整場審判中，其實有深思熟慮的分工，而且近乎完美地實踐出來了。

分工第一步，是陳健民在庭上代表三子作供，解釋和平佔中的理念和策劃過程，並為他們在佔領運動中的角色和行

---

* 九位被告中，張秀賢、鍾耀華及黃浩銘獲法律援助署提供法援。至於其他被告的法律開支，將由市民捐款成立的「守護公義基金」支付。該基金成立於2016年，迄今籌得1300萬，主要用作支付立法會議員DQ案及是次九子審判的法律費用。

動辯護。通過這樣的回顧，陳健民實際上和我們重溫了一次「讓愛與和平佔領中環」走過的艱苦路。作供過程中，陳健民數度感觸落淚。

我認為，陳健民在審判開始前夕，於中文大學講授的最後一課「毋忘燃燈人：向啟蒙者致敬」，可視之為審判前奏。那一夜，六百多位傘運人重聚一堂，健民用他大半生走過的路，告訴我們，他和他那一代爭取民主的香港人，經歷過甚麼歷史洗禮、受過甚麼思想啟蒙，才會矢志不移地走到今天。我們需要感激燃燈人，因為沒有前人的努力，我們將不知自己從哪裏來，也不知往哪裏去。陳健民這一課，不僅是他的個人思想自述，也是給所有香港人上的民主課。*

分工第二步，是戴耀廷在12月12日，於法庭宣讀結案陳辭。陳辭第一句便是「首先，這是一宗公民抗命的案子」。戴教授的用意很清楚，他要在法庭，為和平佔中的正當性，作一場堂堂正正的辯護，同時為自2013年以來所做的一切，來一次完完整整的交代。

這篇辯護辭，合共87節，長達五千言。† 戴教授告訴法庭，「這是一宗關乎一群深愛香港的香港人的案件，他們相信只有透過引入真普選，才能開啟化解香港深層次矛盾之門」。真普選，是中國政府向香港人所作的憲政承諾。香港人選擇公民抗命，既是為了爭取自己的政治權利，更是為了維護正義。公民抗命不僅沒有破壞法治，反而會促進和改善法治。

---

* 視頻見：https://www.youtube.com/watch?v=gUFlkZPcNg4.

† 原文為英文，見：https://www.hkcnews.com/article/17147/%E9%9B%A8%E5%82%98%E9%81%8B%E5%8B%95-occupy_trio-tai_yiuting-17161/closing-submission-of-tai-yiuting.

戴教授最後說：「若我們真是有罪，那麼我們的罪名就是在香港這艱難的時刻仍敢於去散播希望。入獄，我不懼怕，也不羞愧。若這苦杯是不能挪開，我會無悔地飲下。」

所謂擲地有聲，所謂感人至深，當是如此。

我當天坐在旁聽席，離戴教授二十米之遙，而我身邊則坐着特別前來支持的李柱銘先生。戴教授唸完，全場掌聲響起；法庭大門恰在此時打開，庭外數百名支持者的掌聲如雷般傳來，真箇是此起彼落。那一刻，我想起二千多年前，蘇格拉底在雅典城邦的廣場自辯。蘇格拉底自喻牛虻，終身不識時務地叮咬雅典同胞，希望他們在乎正義良善，而非整天汲汲於財富名利。* 戴耀廷何嘗不如是。

分工第三步，是4月9日被判罪成這天，陳健民和戴耀廷決定不為自己求情，而將法庭留給他們至為尊敬的朱耀明牧師。朱牧以「敲鐘者言」為題，道出他終生奉獻於香港、公義和信仰的故事，並為自己和在庭戰友作最後總結。

朱牧師不負所望，站在被告席，挺直身軀，以雄渾而富於抑揚變化之聲，時帶哽咽地告訴世人雨傘運動的真正根源，是港人對政制發展已感到無助、無奈和無望，渴求命運自主。朱牧如此自白：「雨傘運動中，我只是一個敲鐘者，希望發出警號，讓人們知道不幸和災難正在發生，期望喚醒人們的良知，共挽狂瀾。」

去到最後，牧師如是說：「我，朱耀明、戴耀廷和陳健

---

* Plato, "Apology of Socrates" in *The Trial and Execution of Socrates*, ed. Thomas C. Brickhouse & Nicholas D. Smith (New York: Oxford University Press, 2002), pp. 42–65. 中譯本可參王太慶譯，《柏拉圖對話集》（北京：商務印書館，2004），頁25–55。

民現在於被告欄宣告：我們沒有後悔，我們沒有埋怨，我們沒有憤怒，我們沒有遺憾。我們沒有放棄。」*

他們有的，是對這片土地的愛。

我們香港人，無論政見有多大分歧，都必須感謝戴耀廷、陳健民和朱耀明牧師三位。他們一路走來，我們從旁見證，其信念、其行動、其策略、其言辭、其精神、其人格，是如此真誠且渾然一體，並將香港民主運動帶到前所未見的高度。他們是美麗的香港人。

至於其餘六位被告，包括陳淑莊、黃浩銘、邵家臻、鍾耀華、張秀賢和李永達，在法官逐一宣佈被告罪名成立的一刻，他們同樣坦然無懼，平靜以對，沒有絲毫懷憂喪志之色。從他們的眼神，我們看不到丁點所謂犯人的沮喪悔疚。他們每一位，都為傘運付出巨大代價，但卻一直挺着，而且挺得很直。

4

我們也要多謝所有前往法院的支持者。我昨天八時抵達，法院樓下已擠滿了人，密密麻麻，少說有好幾百。除了媒體，還有許多熟悉的朋友，包括學聯人、大學同事、社民聯、工黨、公民黨和民主黨的朋友，以及公民團體的組織者和雨傘運動同路人。

最令我感動的，是見到許多上年紀的老人家，從早上八點一直坐到下午五點。當朱牧師從法庭步出大堂，他們更是齊立鼓掌，高呼口號，經久不息。我和身邊的朋友張潔平和

---

* 全文見：https://www.inmediahk.net/node/1063393.

蕭雲説，這些公公婆婆，每位都是如此可親可敬，而且比大部份香港人有着更堅強的信念和更堅韌的意志。他們的平凡身影背後，必定有着許多不平凡的故事。

我們千萬不要小看這些支持者。一場運動，不是所有人都站到最前。沒有大批香港市民的理解和支持，我相信庭上九子一定不會像現在這般自信自在。這樣的公民友誼，這樣的肝膽相照，在今天香港，尤其重要。

我們也要多謝媒體。今天香港傳媒生態的惡劣，大家早已知之甚詳。有財有勢的，不少早已歸邊，要麼沉默不報，要麼顛倒是非。但我們見到，在這場歷史審判中，仍有許多媒體謹守崗位，以專業態度做出完整報導，並製作了不少精彩的人物專訪和深入評論。這些媒體有《端傳媒》、《立場新聞》、《眾新聞》、《獨立媒體》、《明報》、《蘋果日報》、香港電台、有線新聞等。沒有他們，我們的歷史將變得十分蒼白。

我們也要多謝法庭保安員。昨天的審判，保安員明顯比平時多，但他們沒有板起臉孔嚴厲執法，反而默許大家在大堂鼓掌喊口號。他們維持秩序，但與人為善，讓法庭沒有平時的冰冷，反而多了一分大家同是港人的情味。我們甚至也要多謝一下那些站在法院門外大聲叫囂和幸災樂禍的「愛國人士」。沒有他們的可笑可憐，彰顯不出九子的可親可敬。

我也要感謝參與聯署〈我們以你們為榮〉的幾百位中大政治與行政學系的師生校友。鍾耀華和張秀賢是這次審判中僅有的兩位學生被告。他們都是政政人。我們向他們致敬，是同門本份。

還有一個人，值得我們所有人致敬，那就是Fermi（王惠芬）。Fermi是融樂會創辦人，也是和平佔中的積極參與者。從十一月開庭到現在，天天在臉書為大家及時介紹法庭情況，並在重要日子裏安排義工們一大早去法院排隊輪籌，然後將輪候到的座位分配給被告的至親好友，讓他們能夠入庭旁聽。

告訴大家一個小故事。我昨天本來坐在家屬席，Fermi走來和我悄聲說，你可否和另一位朋友調換座位，因為某位被告希望稍後宣判時，能夠在視線之內見到這位朋友。Fermi的熱情、細心和仗義，為九位被告和他們的家人，帶來許多幫助和安慰。

最後，謝謝所有被告的家人。

5

話已夠多，但願不是多餘。

面對這樣一場大審判，為甚麼我要感謝這麼多人？因為我深知一切並非必然。對一場公民抗命運動來說，不管最後審判結果如何，只要我們能有尊嚴地將道理說清楚，讓世人和歷史知道，我們站在對的一方，就已很好。這些站在不同位置的香港人，各自守着做人的基本道理，各自懷着對我城的關切，一起成就了這場歷史性的審判。

這看似容易，卻極不容易。

有人說，香港現在是至暗時刻。我能理解大家為甚麼這樣說。但即使在這樣的時刻，我仍然見到許多不認命的香港人。他們無權無勢、人微言輕、默默無聞，卻仍然站直，仍然守着信念，仍然頑強地活出人的尊嚴。我在香港數十年，不曾見過這樣的好風景。

這樣的風景，由我們創造。如果我們見到，並好好珍惜，這就是我們的黃金時代。

初稿：2019年4月10日
定稿：2019年6月4日

6 我們以你們為榮*

驚悉鍾耀華和張秀賢因參與及領導雨傘運動而罪成，並很可能將與戴耀廷、陳健民、朱耀明、陳淑莊、邵家臻、黃浩銘、李永達等一起下獄，我們深感悲憤。

2014年的雨傘運動是香港史上規模最大的民主運動，逾百萬人參與，歷時七十九天，過程理性和平有序，得到舉世關注支持，並喚醒一整代年輕人的政治意識。我們有幸參與其中，見證這段波瀾壯闊的歷史。

我們選擇站出來，是為了爭取我們應有的政治權利，要求中國政府兑現《基本法》的普選承諾，從而解決回歸以來的正當性危機。我們的訴求，有理有據；我們的行動，光明磊落。我們走上街頭，踐行公民抗命，儘管違反時下之法，卻是為了追求更大的公義。違法達義，於理念於法治於實踐，皆有史可鑒，有理可辯。

雨傘運動，何罪之有 ?!

鍾耀華，前中大學生會會長，傘運時為學聯秘書；張秀賢，傘運時為中大學生會會長。兩人皆為政政系學生，關心香港，投身學運。他們在雨傘運動紛擾激盪之際，毅然擔起

* 這是我為中大政政人起草，聲援鍾耀華和張秀賢的聯署信，4月9日法院宣佈他們罪名成立後於臉書公開。我們共收到370多位政政系老師、校友和同學的簽名，包括關信基、馬樹人、馬嶽、蔡子強等。4月24日，鍾耀華被判囚8個月，緩刑兩年，而張秀賢則被判200小時社會服務令。

應有之責，主持大局，調解矛盾，團結人心，直面暴力，並代表抗爭者與政府談判，不卑不亢，有理有節，贏得無數市民認同。佔領運動清場之日，他們更留守至最後一刻，有始有終，無悔無懼。

鍾耀華和張秀賢，以及所有繫獄者，代表雨傘運動萬千抗爭者承受今日之難，值得港人感激。而於我們，他們更是我們熟悉的學生、學弟、同學和學長。我們同是政政人。今天他們即將下獄，我們悲痛莫名卻無以相隨，惟鄭重以我們每位政政人之名，向他們致最高敬意。

Eason、Tommy，我們以你們為榮。

2019年4月9日

7　法庭以外的正義*

1

2014年9月28日，本是平凡的一天。

那天是星期日，我如常中午起床，吃過午餐，和三歲女兒玩了一會，然後上網看新聞。我和所有香港人一樣，關心學生運動在金鐘的最新發展。新聞説，金鐘地鐵站已關閉，前往政府總部的所有出入口也已被封，警方清場迫在眉睫。我覺得要去看看，遂匆忙帶着一瓶水和一把小雨傘從家裏出發。

我大約四時抵達灣仔。那時街上全是人，大家靜靜沿着告士打道往金鐘方向走。沒有人指揮，沒有人喊口號，也沒有人佔領馬路。去到夏慤道和添美道交界，我發覺添美道已被重重鐵馬阻隔，鐵馬後面是全副武裝的警察，密密麻麻，嚴陣以待。

人愈聚愈多，像潮水一樣。過不了多久，人群湧出馬路，然後不斷向灣仔和中環方向兩邊擴散，迅速佔滿整條夏慤道。那時正是黃昏，陽光照在高樓大廈的玻璃幕牆再反射下來，舉目望去，成千上萬的香港人染上一層金黃。

這些人幹嗎要走出馬路？沒路走啊。你們警察將所有進入示威區的路封死，叫這數以萬計的市民往哪裏去？所謂佔

* 原刊《明報．星期日生活》，2019年4月14日。本文曾得陳玉峰給予許多寶貴意見，謹此致謝。

領的過程，完全不用甚麼人指使，就像水注滿了碗，便得往外瀉一樣自然。

人群惟有開始推鐵馬，警察還以胡椒噴霧和警棍。我當時站的位置，就在後來的連儂牆旁邊。我沒有那麼勇敢，只能幫忙照應那一批又一批退下來的傷者。人群擠擁，氣氛緊張，但沒有亂。離我大約三十米處，有位中年男士爬上欄杆並拿着大聲公在說話。人聲嘈雜，我完全聽不到他在說甚麼，而站在他旁邊的市民似乎也不為所動。事實上，整條馬路人山人海，大家想動也動不了。

那個人，叫李永達。

快到六點時，我們頭上忽然傳來巨響，還來不及反應，催淚彈的氣味已撲鼻而來。我們開始四散。

那是雨傘運動的開始。

本來平凡的一天，成了歷史分水嶺，也改變了我們許多人的命運。事後回想，如果沒有那些鐵馬和催淚彈，就沒有後來的故事。歷史有許多因果，但這個情節是關鍵。

2

再次見到李永達，已在法庭。2019年4月9日早上，長沙灣西九龍裁判法院，佔領九子宣判日。我坐在旁聽席，他坐在被告席。他有個編號，叫D9。

法官宣判，D9被裁定一項煽惑他人犯公眾妨擾罪罪名成立，理由是他在2014年9月28下午呼籲市民佔領夏慤道。我看了判辭，才知道這位D9原來四年多前曾煽惑我及我身邊上萬名市民去妨擾公眾。

這實在荒誕。

李永達當天確實說了一堆東西，但他怎麼可能煽惑我和萬千市民？我們選擇來金鐘和走出馬路，和李永達這個人丁點關係也沒有。法庭既然判他有罪，總得問問我們這些「被煽惑」的人吧？可惜沒有。

再者，你說李永達煽惑了我們，好像認定我們是一群沒有獨立思考能力的盲從者，只要有個人隨便拿個大聲公喊幾句口號，我們就會跟着他犯法。這怎麼可能？我們許多人都修過通識科，懂得批判思考的呀。如此抬舉李永達並如此輕視我們，實在過份。你要告，就告我們非法集會，至少還尊重我們是犯罪主體。

法庭或會說，這個你不用管，只要D9有煽惑的意圖就有罪。倘若如此，當天像李永達那樣意圖煽惑他人的人還有不少啊。為甚麼獨獨是他有罪，而不是別人？檢控方縱容那麼多煽惑者逍遙法外，豈不過份？!

李永達之所以罪成，我想主要原因，是法庭認定我們事實上妨擾了公眾，即堵塞了交通要道。這我們不能否認。既然如此，當天所有在場成千上萬的示威者也都犯了罪。如此類推，雨傘運動七十九天，所有曾在金鐘、旺角及銅鑼灣參與過佔領的人，也都犯了公眾妨擾罪。據民意調查，這些人估計逾百萬。香港乃法治之都，當日的行政長官、政務司司長和警務處處長對此視若無睹，縱容犯罪，實在是嚴重失責。

3

這個道理，代表第七被告鍾耀華的資深大律師戴啟思早在庭上清楚表達：「他希望法庭只需考慮，他只是數以千計在添美道及附近街道聚集，想要表達對人大常委會『831

決定』深感不滿的香港市民的一個代表類型(representative type)。他就是每一個人(an everyman)。」

這是甚麼意思？鍾耀華顯然不是要逃避刑責，因為戴啟思在庭上清楚告訴我們，鍾耀華不希望法庭考慮他的個人背景，也不希望法庭判他社會服務令。他要告訴法官，雖然你判我有罪，而我實際上並沒有罪，因此不乞求任何憐憫。如果入獄是我對抗不義的代價，就讓它來吧。

以我理解，鍾耀華是要法官知道，你今天審我，不僅僅是在審我鍾耀華一人，同時也是在審當日數以萬計像我這樣走上街頭的人，就是在審所有吃過催淚彈睡過帳篷並在街頭痛過哭過的香港人。

這不是比喻。這是事實。

政府可以選擇性地檢控這九個人。但如果這九個人有罪，實際上也就意味着所有參與過雨傘運動的人都有罪，都在干犯公眾妨擾。在此意義上，「鍾耀華可以隨便是某個男人的兒子，或某位女性的弟兄。除了那份對民主信念的委身，這個人沒有任何特別可供辨認的性格或特徵。」

知Eason者，莫若Dykes。

4

政府或許會説，是啊，你們都有罪，只是我們仁慈，不檢控你們而已。你們應該感恩。既然如此，那就讓我們一起好好想想，這一百萬雨傘人，到底為甚麼吃飽飯沒事幹，無緣無故跑去做甚麼公眾妨擾。

不過請先記住啊，這一百萬人，不是一個抽象數字，而是一個一個有血有肉的香港人。這裏面，有穿着校服的中學生，有花樣年華的大學生，有地盤工人、裝修阿哥、看更叔叔、洗碗阿姨，有穿着西裝打着領帶的中環白領，有平時喜歡逛街看電影喝咖啡去旅行的文青，有記者、社工、教師，有傷殘人士和綜援人士，還有許多年邁的公公婆婆。

他們生於斯長於斯，深愛這片土地。他們不為個人名利，絕大部份沒有政黨背景，為甚麼要冒着被人打、被人告、被人羞辱的風險，花上整整七十九天來「妨擾」這個屬於自己的城市？

你可以不同意，但必須嘗試理解。

法官大人，請你千萬不要輕省地説，這一切都和法律無關，是故不用考慮。是的，這也許和法律無關，但卻絕對和正義有關。甚麼是正義？正義就是公權力的正當行使，國家必須給予每個公民應得的合理公平對待——無論是在法庭，還是在我們的日常生活之中。

我可以肯定地説，這百萬傘運人選擇站出來，是因為他們深切感受到香港制度的巨大不義。這是他們生命的吶喊。吶喊甚麼？其中最重要的，就是在判決之日，當法庭大門打開，從大堂傳進來的眾人之聲：我要真普選。

5

香港社會運動，從上世紀八十年代始，到八九六四再到九七回歸，從五區公投到和平佔中再到雨傘運動，一以貫之的信念，就是爭取真民主。

民主為何如此重要？因為有了民主，我們便可以享有平等的政治權利去選舉行政長官，從此告別「689」和

「777」；[*]有了民主，我們便可以用手上選票，去捍衛我們的基本權利和核心價值；有了民主，我們便可以撼動政商共謀和財團壟斷，逐步改善香港的分配不公；有了民主，我們便可以自豪地說，香港是我家，我們不再是活在此城的異鄉人。

我們當然知道，民主並非萬靈丹；我們也知道，民主需要許多條件配合；但我們更知道，只要香港一日沒民主，權力的正當性就難以建立，許多根本的政經困局就無從破解，而我們更不可能在政治參與中活出有尊嚴的公共生活。

我們撐起雨傘，不是因為我們喜歡妨擾公眾，更不是因為我們喜歡公民抗命，而是因為我們經過多年努力，胼手胝足，真普選仍然遙遙無期，我們惟有冒失去人身自由之險來爭取所有人的政治自由。我們在最絕望的處境，發出最悲憤的吶喊，盼為香港尋新路。

法官大人說，你們真天真，竟然以為憑你們的血肉之軀，便能改變當權者的意志。說得對，這些人很天真。只是，法官閣下啊，你可曾知道，世間最美好之事，往往由天真而來。

6

雨傘運動是一場公民抗命運動。正如法官在判辭中所引用的，當代著名哲學家羅爾斯(John Rawls)於名著《正義論》中的說法，公民抗命是一場公開的、非暴力的、基於個人良知的政治行動，通過有意違法，以求達到改變不義的法律和

* 這是梁振英和林鄭月娥在當選特首時，分別取得選舉委員會的支持票數。

政策的目的。[*]據此定義，雨傘運動絕對是現代政治史上公民抗命的經典案例。

使人意外的，是法官在判辭中，卻斷然拒絕讓被告在這場審判中引用「公民抗命」作為抗辯理由。法官說，這是一場刑事檢控，被告的政治理念不在他的考慮之列。那麼這些被告是甚麼人？他們是一群追求正義的刑事犯。

實在令人無言以對。

法律人呀，既然你們的最高職志是追求和捍衛正義，那麼也請緊記《正義論》中的第一句話：正義是社會制度的首要價值。法律和制度如果不義，便必須修正，甚至放棄。

法庭是法律制度的一部份，法律制度是社會基本制度的一部份。基本制度如果不義，那麼基於這些制度而作的判決很可能便同樣不義。香港制度一個重大缺陷，正是長期剝奪公民應有的政治權利。而根據羅爾斯，正義社會的首要原則，是必須充份保障每個公民享有平等的政治自由。[†]我們因此千萬不要說，只要依法而判，正義便在你那邊。

法庭以外，有更高的正義。

---

* John Rawls, *A Theory of Justice* (Cambridge, Mass.: Harvard University Press, 1999, revised edition), p.320.

† Rawls, *A Theory of Justice*, p.266.

8　陳情書

尊敬的陳仲衡法官閣下：

我認識張秀賢同學，是在2012年九月。那一年，他入讀香港中文大學政治與行政學系，成為我的學生。自此之後，我們有許多切磋學問和分享生活的機會，我也看着他在校園學習和公共參與中，逐步成長。

張秀賢同學對香港有一份真切的關懷，對民主公義有一份內在的執著，並願意全情投入學生運動，推動社會改革。2014年雨傘運動期間，他身為中大學生會會長，也就責無旁貸地承擔起領導學生運動的責任。他做得很好。

雨傘運動是一場自發的民主運動，參與市民成千上萬，大家的目的很單純，就是爭取香港要有真普選。9月28日出現的金鐘佔領事件，不是任何人或任何組織煽惑所致，而是無數香港市民出於對民主的追求和對學生的支持而自願站出來的結果。我是當天的見證者。

我認為，這場審判從一開始便錯了。如果法庭真是彰顯正義之地，那麼站在被告席的，不應是他們九位。

今天，法庭判張秀賢有罪；可是我相信，歷史終會判他無罪；不僅無罪，而且還會對他在雨傘運動的貢獻加以肯定。世界民主運動史中，有太多這樣的故事。在這樣的時代，香港還有這樣的年輕人願意為我們所有人的權利奉獻青春血汗，我們理應感激，可是政府卻要送他們下大牢。人間不義，莫此為甚。

我這封短信，並非要為張秀賢先生求情，而是說出事實，表明態度，肯定其人格言行，並為歷史作見證。

周保松

香港中文大學政治與行政學系教師

2019年4月24日

9 遍地磚瓦中尋好

1

戴耀廷和陳健民教授昨天戴着手銬步下刑車，被押入荔枝角拘留所前回眸一瞥的相片，我發了給大陸一些和健民認識多年的朋友，他們的反應是：「神色慈悲」、「從容沉毅」、「史詩時刻，潸然淚下」，「這照片，注定載入史冊」。

戴耀廷和陳健民，因為發起「讓愛與和平佔領中環」運動，爭取真普選，在2019年4月24日被法庭判刑十六個月，即時入獄。昨天中午宣判後，我便走到西九龍裁判法院的大門守候，以便囚車出來時和他們作最後道別。那裏，有許多警察、記者，還有上百位撐着黃傘的支持者。

昨天天氣異常地好，藍天白雲，太陽兇猛，明明是四月，卻恍如盛夏。到了一時四十分，大門打開，囚車緩緩開出，攝影記者蜂擁而上，將相機貼近車窗狂按快門。人群開始激動，跟着「長毛」梁國雄叫喊口號，其中最令人印象深刻的，依然是「我是香港人，我要真普選」。朱耀明牧師在李卓人和李永達等人的陪同下，站在路邊揮着黃手帕，對着囚車不斷哭叫陳健民和戴耀廷的名字。

我站在遠遠一角看着這一切，心酸無言。

我也曾想過，如果換做是我，我能像他們那般從容嗎？惟有在危難時刻，才能見到一個人的精神狀態。對許多人來說，從大學教授淪為階下囚徒，還要成為新聞頭條，理應至為羞恥難堪。但照片中的戴耀廷和陳健民，卻是正直堅毅，沒有半分沮喪絕望。

這是何等氣度。

和平佔中始於2013年，中間經歷無數驚濤駭浪，到了昨天可說劃上句號，前後整整六年。無論我們對這場運動有甚麼評價，都不得不承認，戴耀廷、陳健民和朱耀明三位發起人，確實一路走來始終而一，堅持真普選，堅持公民抗命，堅持承擔責任。他們沒有政黨背景，也沒有權力野心，他們只是天真地相信，香港人配有好一點的生活，於是一往無前，走到這一步。

2

過去這六年，我們見證這一切在我們身邊發生。見慣世情的香港人，不會不知道戴耀廷他們是在以卵擊石，不會不知道今天的結局早在開始時便已幾乎可以預見，可是當我們在電視新聞看到戴耀廷、陳健民步入牢獄的一刻，仍然有感同身受卻無以名之的集體傷痛。

所傷所痛者，到底為何？

第一重傷痛，是我們清楚知道，他們的苦是為我們而受。我們活在同一個政治社群。爭一人一票，爭平等權利，必然是為所有人而爭。我們或許由於精明、怯懦和冷漠，選擇了旁觀，但我們不能否認，所有抗爭者付出的代價，都是為了我們每一個人。今天，香港沒有民主；他日，如果有真普選，我們當記住，這些抗爭者曾經走在我們的前面。

意識到這點，我們便不可能置身事外，不聞不問；我們更不應挖苦和嘲笑那些抗爭者，說他們不識事務，破壞大局。至於落井下石或甘為幫兇者，則是埋沒了做人的基本良知。稍有良知的人，都不可能輕省地說，他們的苦，是他們的事，與我無關。明白這些，目睹他們下獄，我們便有一份命運與共的傷痛。

第二重傷痛，是我們見到巨大的不義在面前發生卻無能為力。政府說，他們犯了法，所以罪有應得。是的，他們確實犯了法。可是，他們應得嗎？我相信，稍有正義感和判斷能力的人，都知道不應得。他們故意犯法，是因為他們見到香港社會承受着巨大的不義。他們見到，由於沒有民主，我們沒有集體自治，權力難以問責，公民權利和個人自由搖搖欲墜，機會嚴重不均，財富分配極度不公，各種社會矛盾無從化解。

他們的犯法，其實是自我犧牲。他們是在極無奈的情況下，以自己的自由為代價，敲響警鐘，在絕望中散播希望，以期更多的人在鐵屋中醒來。他們是我們這個時代的義人，而作義人的代價，不僅是失去自由，更是承受更多和更大的苦痛。

心存正義的人，活在一個不義的時代，必然飽受折磨。他的正義感，讓他無法掉頭不顧，也無法獨善其身，他遂只能選擇與不義對抗，並遍體鱗傷。他不悔，因為他非如此不可。

3

戴耀廷、陳健民、黃浩銘、邵家臻他們入獄了，我們這些在外面的，應該如何走下去？我們的生活，會因為他們的命運，而有任何不同嗎？我相信許多朋友和我一樣，這幾天都在默默用這些問題拷問自己。

我們如此拷問，並因拷問而傷痛，因為我們仍然在乎：在乎這個城市，在乎一些價值，在乎這個城市因踐行這些價值而承受不義之苦的人。

不要小看這些拷問。所謂覺醒，從此而起。所謂遍地開花，不在金鐘，而在人心。

4月10日，九子被判有罪後，我一時有感，在臉書寫了〈我們的黃金時代〉一文，最後提到「這樣的風景，由我們創造。如果我們見到，並好好珍惜，這就是我們的黃金時代。」文章被廣泛分享，但「黃金時代」這個說法，卻引來一些爭議。

有朋友認為我過於樂觀，甚至有點「阿Q」，忘記了香港現實的殘酷。我怎麼可能不知道香港今天是甚麼樣的境況呢？過去幾年大家的痛苦、失落、絕望和憤怒，我全都感同身受。這幾年經常出入法庭，看着自己的朋友和學生因為太在乎這個城市而失去自由，那份感受實在不足為外人道。活在香港，身為老師，誰會想過有一天要面對這些。

極度沮喪時，我也曾停下自問，真的值得為這個城市付出那麼多嗎？為甚麼我不可以像身邊有些人那樣，選擇對各種不公視而不見，好好享受歲月靜好？我不是沒有這樣的條件，也不是不嚮往這種安逸安穩，為甚麼卻還要將自己拋進一個不確定的時代大漩渦並承受各種試煉？

這種誘惑真的很大，而我從來不是矢志走得最前的人。在時代大潮中，沒有人能事前知道自己會往哪裏走。2014年9月28日下午六點鐘，第一枚催淚彈擲在我腳邊時，我做夢也沒想過，我後來的人生路會因此徹底改寫。我在跌跌碰碰中一次又一次作出重要抉擇時，往往未經精打細算和深思熟慮，腦海最常浮出來的字句反而是——「非如此不可」。

好奇怪。明明可以選擇，明明知道代價，內心卻偏偏告訴你，「你別無選擇。你只能這樣。你不這樣，你過不了自己那一關，你會良心不安，你面對不了自己。」有過不知多少次這樣的體驗後，我逐漸明白，我只能跟着內心走。無論是自己還是生活的世界，我不知道前路如何，但既然非如此不可，那就好好走下去，讓風景帶着我前行。

4

為甚麼要分享這番心底話？因為我想說，如果黃金時代指的是「事事美好，我們渴求的都已在手，我們盼望的都已實現」，那麼今天很可能就是暗黑時代。我明白這份感受，因此理解為甚麼那麼多人在考慮移民，那麼多人不理時政、埋頭賺錢，以及那麼多人絕望無力到要否定自己的過去。

是的，時代晦暗。但在這樣的時代，我在許多人身上見到不一樣的風景。

例如，我見到戴耀廷和陳健民教授法庭上的風采。他們是我認識的人，陳健民更是多年朋友。或許由於距離太近，我們不易體會到他們做的事有多了不起。但如果稍微細想，我們會發覺，香港史上何曾有過這樣的大學教授。

又例如，每年六月四日，維多利亞公園的點點燭光會照亮香港，傳遍世界。這些蠟燭，我們從少年守到中年，整整三十年。我們一路走來，也不覺特別。可是看看世界史，有哪個城市哪個時代，會有這樣一大群人，為了紀念另一個遙遠城市無辜死去的人、為了向強權討回公道，默默堅持三十年?!

又例如，我們熟悉的音樂人黃耀明。1988年，在同性戀還是刑事罪的年代，他已唱出〈禁色〉；2012年，他在演唱會上大膽「出櫃」；2013年，他和何韻詩及其他朋友成立「大愛同盟」，為同性戀者爭權益；2014年，他站出來公開支持雨傘運動，並和其他歌手合唱〈撐起雨傘〉，結果遭大陸全面封殺；2019年「六四」三十年燭光集會，他對着十八萬人唱出〈回憶有罪〉。從出道到現在，明哥成了「十個救火的少年」的最後一位，一直沒有放棄。

又例如，雨傘運動某天清晨，將「我要真普選」黃色大布條掛在獅子山上的攀山客；穿着校服手拿黑色袋子在佔領區執拾垃圾的女生；在金鐘地鐵站口為所有人義務手機充電的男孩；在政府總部女廁默默放上各種護膚化妝品的白領；在旺角街頭手持黃傘風雨不改日日堅持的大叔大嬸「鳩嗚團」。

又例如，大家都認識的黃之鋒。2011年，15歲，成立「學民思潮」並發起反對「德育及國民教育科」運動；2012年，16歲，帶領十萬人佔領政府總部的公民廣場，並成功令政府擱置課程指引；2014年，18歲，率領學生重奪公民廣場並促發雨傘運動；2017年，21歲，因重奪公民廣場案，下獄；2019年，23歲，因在雨傘運動旺角清場時拒絕離開而被控「藐視法庭」，再次下獄。這樣一個青年的抗爭履歷，不要說香港，世界何曾見過?!

又例如，在北角堡壘街一家叫Brew Note的咖啡館，過去兩年，每個月我們在那裏舉辦一場文化沙龍，包括黃國鉅談尼采、馬傑偉談香港文化、莊梅岩談戲劇、程翔談六七暴動、錢永祥談動物權益、王惠芬談抑鬱症、梁文道談中港關係、黃耀明談音樂、吳靄儀談金庸、李柱銘談八九六四三十年。幾乎每一場都將咖啡館擠得水泄不通。來參加的，有大學生、老人家、新移民、本土派，還有內地生和從大陸專程而來的朋友，然後大家自由、愉快、深入地討論三小時，久久不願散去。

又例如，在最近反對政府修訂《逃犯條例》的社會大動員中，我們見到數以百計以不同名義出現的團體大聯署，如雨後春筍般湧現。這其中，有大學和中學，有全港九新界離島師奶，有同志團體，有新移民，有學生家長，還有視障人士等等。每一份聲明，都用心撰寫、各有特色，體現不同社會身份人士對同一個公共議題的關注。

又例如，在2019年6月9日，103萬香港人走上街頭反對《逃犯條例》修訂；6月12日，數以萬計年青人重新佔領金鐘，包圍立法會，迫使政府擱置修訂條例；6月16日，接近200萬零一位香港人再次站出來表達不滿，震驚世界，特首林鄭月娥不得不公開道歉。

我們有誰會想過，雨傘運動結束短短五年，在陽光燦爛的六月，香港人回來了，而且更加堅毅、團結，更加視香港為命運共同體，並願意一起用心守護我們的價值，捍衛我們的尊嚴。

5

這樣的故事，這樣的人物，我可以一直舉下去。我們活在同時代，也許覺得一切是尋常，但如果我們站遠站高一點，便會清楚見到，這些人這些活動交織而成的風景，在香港歷史上不曾有過，在世界歷史上同樣罕見。

這樣的風景，動人美麗。

我很慶幸活在這樣的時代，認識這麼多精彩的香港人，並見證他們如何在困厄中逆流而上，活出人的高貴與尊嚴。

是的，時代艱難，可是只要有這些人，香港就不是悲情城市，我們就不是末世遺民。*我們在不懈努力中，共同打造屬於我們的命運共同體。成敗雖未知，心志早已定。在此意義上，時代是否金色，不在於這個世界已有甚麼，而在於我們以甚麼精神來創造新的天地。

時代遍地磚瓦，如果我們合力活出人的優雅，這就是我們的黃金時代。†

初稿：2019年4月25日
定稿：2019年6月19日

---

* 「遺民」一說，可參考馬傑偉，〈香港遺民〉，《明報》，2017年3月31日。

† 這句受謝安琪唱的《家明》啟發。原句是：「時代遍地磚瓦，卻欠這種優雅，教人夢想，不要去談代價。」

與學生在聯合書院草地上課。

鍾耀華　　攝影：蕭雲

2019年4月24日晚，朱耀明牧師在荔枝角拘留所外，聲援在囚的戴耀廷和陳健民等人。
攝影：蕭雲

戴耀廷入獄一刻。2019年4月24日。 攝影：Peter Wong，立場新聞

陳健民入獄一刻。2019年4月24日。 攝影：Peter Wong，立場新聞

戴耀廷　攝影：蕭雲

鍾耀華　攝影：蕭雲

朱耀明　　攝影：蕭雲

張秀賢　　　　攝影：蕭雲

戴耀廷、陳健民、朱耀明。2018年11月15 日。

陳健民在中大的「最後一課」。2018年11月15日。

佔領九子在西九龍裁判法院。

2019年4月9日，佔領九子在西九龍裁判法院被判罪名成立。

雨傘運動四週年，金鐘連儂牆。

輯　二

10　做一隻有尊嚴的蛋*

1

微思客[微]：謝謝您接受我們的訪問。現在大學校園普遍存在一種現象，就是懷有理想主義的年輕人變少了，大家愈來愈只關心個人層面的東西，對於家國天下的擔當感不多見了。您覺得在當下，這種責任感如何能在學生群體中確立？

周保松[周]：這個問題真是說易行難，尤其在目前的大環境下，那些有正義感且付諸行動的人，往往要付出很大代價。這些年，我接觸到的年輕人，許多都正直善良、關心社會，並有很強的參與公共事務的願望。但在許多公共議題上，即使是非黑白十分清楚，你也很難真正發聲，甚至有時候，你主動去關心，還會給自己帶來不少麻煩。因為政府並不想你這樣做。

在這種環境下，年輕人轉向「小確幸」，退回個人世界，追求安全穩定的生活，並對公共參與持戒懼、懷疑、嘲諷甚至漠然的態度，其實都可以理解。說句老實話，每天見到那些勇敢站出來卻遭到嚴厲打壓的年輕人，我總有說不出的難過。

我們的時代，是嚴重缺乏公共生活的時代。而我們須明

* 這是網上媒體《微思客》記者曹雯苓和袁泓在2018年5月和我做的文字訪談，其後《端傳媒》曾轉載。這是修訂版。

白，長期欠缺公共生活，我們將活得很不完整。這怎麼說呢？我們一生下來，就活在社會，並在不同領域(spheres)與不同的人建立各種社會關係，例如家庭、學校、教會、工會、公司、自治團體，以至網絡社群。我們在這些領域吸收營養、發展自我，並通過實踐各種活動去建立身份認同和尋找生活意義。

換言之，這些領域並非可有可無，而是個體完整發展的重要條件。只有通過參與公共生活，人才有機會建立各種社會聯繫，從而發展我們的能力，使得我們成為心智健全的社會人。

如果權力以粗暴的方式，將公共生活的門徹底關上，並將人困在極度有限的活動空間，那也就意味着在最根本的意義上，我們的社會本性將被迫異化，無法體驗和實現公共生活賦予人的各種價值，因此難以活出完整的人生。

以大學為例。如果大學生被嚴格限制參與公共事務，他們就無法通過公共生活，去發展他們的理性反思能力和道德實踐能力，也就無從培養出他們的公共關懷。長期活在這種封閉狀態，久而久之，人們或會視之為理所當然，無法意識到這種狀態對自身帶來的傷害。但我作為教師，看着許多年輕人由於制度的原因而無法活得自由完整，實在覺得痛心。

故回到你的問題，我覺得我們不宜將所有責任簡單地歸咎於年輕人，甚至簡單地標籤他們為精緻的利己主義者，並要求他們時刻心懷家國。問題不是出在他們身上。年輕人不是不想關心社會，而是根本沒有這樣的條件。如果他們當中真的有人坐言起行，各種警告就會隨之而至，要求他們必須退回到個人的小世界，切勿多管閒事。這樣的大環境不改變，我們很難苛責年輕人缺乏社會關懷。

2

微：聽起來有點令人沮喪。但在這樣的大環境下，我們可以做些甚麼來改變現狀？

周：理想地說，如果我們每個人都能出一分力，都願意站出來對不合理的事情說不，這自然最好。因為大的制度環境不改變，活在其中的所有人都會身受其害。可是我們也知道，這種想法在現實中很難實現，因為我們無法找到一個機制，確保大家願意共同承擔參與社會改革的成本，因此難以解決博弈論中的「囚犯兩難」和「坐順風車」的問題。*

所以對許多人來說，最理性的做法，是完全順從既有的遊戲規則，並期望自己能在遊戲中玩得比別人好，因而獲取最大回報。至於遊戲規則本身是否公平，他們並不在乎——不僅不在乎，甚至會想盡方法去維持這個規則，因為這樣對他們最有利。我們由此明白，一個明明極度不義的制度，為甚麼還會得到那麼多人的擁護。有的時候，確實是因為人們不知道自己在做甚麼；但更多時候，人們是清楚知道卻選擇視而不見，並相當有默契地去為現狀辯護。說得直白一點，這是一種策略性共謀。

---

* 囚犯兩難(Prisoner's Dilemma)是博弈論的非零和博弈中具代表性的例子，反映個人最佳選擇並非集體最佳選擇。坐順風車(free-rider)意指自己不付出代價，卻坐享其他成員的成果。

在這種情況下，那些對社會還抱有希望，對是非黑白還有執著，並且不忍心見到社會中無數弱者受到各種欺壓的年輕人，面對這樣殘酷的現實，他們會有怎樣的感受？他們會非常失望和怨恨。他們的心越善良越敏感，便越痛苦，越難忍受世界變成這樣。

他們最後會走向哪裏？很可能會與這個世界妥協，讓自己的心變得堅硬冷漠，一點一點放棄原來的信念，一步一步融入既有的社會秩序，變得務實、世故、玩世不恭、失去同情心、崇拜強者鄙視弱者，並最終接受用金錢和權力去衡量世間萬物的價值和意義。

這是很悲傷的事。是誰使得這些事情天天在我們身邊發生？是誰令無數純樸善良的年輕人活得如此痛苦折曲？

説實在話，在任何社會，特立獨行都不容易，但在中國卻是加倍地艱難，因為容許這種可能性存在的社會空間太小，而為之付出的代價卻太大。你的理想和追求，只要不為主流所認同，便會受到各種各樣或明或暗的打壓。既然如此，一個明智的人，為甚麼還要走這樣的路？

有年輕人甚至這樣問過我：人為甚麼要獨立思考？——如果獨立思考給人帶來那麼多痛苦。蘇格拉底曾經説過，未經反思的人生是不值得過的。但如果高牆牢不可破，現實如此醜陋，我們睜開眼睛，直面真實，豈非更加痛苦？反思過後，我們又可以從哪裏找到勇敢活下去的力量？

最為諷刺的，是我們的教育，我們的大人，往往正是希望年輕人變成這樣：不要質疑，不要挑戰，最要緊的，是聽話和服從。我們的社會，我們的時代，實在辜負了太多年輕人，沒有提供稍稍像樣的環境，讓他們可以自自然然、快快樂樂地做個善良正直的人。

3

微：我們有突破這個困局的希望嗎？

周：除了改革制度，沒有別的出路。制度如何改變？必須靠人。制度和文化，不會無緣無故地自己變好，而必須靠人的努力，而且不能靠一兩個悲劇式的英雄，而必須靠大家意識到問題所在，清楚自己的責任，然後一起努力。

這裏的「大家」，不是指一代人，而是指好多好多代人。我這些年在教學、寫作以至公共實踐上的努力，儘管作用微薄，但卻很少感到氣餒，因為我很清楚，前面的路還很長。我及我這代人所做的，最多也就是在學術、教育和公共文化的建設上，做一點鋪路除草的工作，讓後來者不要走得太辛苦。這個過程會很緩慢，途中會遇到許多挫折，但我們只能如此，也必須如此。

有人或會說，你實在過於悲觀。我們正活在一個偉大的新時代，國力鼎盛，經濟繁榮，人民非常滿足。我也希望這樣，可惜實情並非如此。只要我們稍稍清醒，當見到表面繁華的背後，我們的文化，早已沉痾遍地；我們的社會，早已危機四伏；我們的制度，早已腐朽崩壞。這不是危言聳聽，而是客觀事實。中國種種社會矛盾愈拖下去，我們最後付出的代價就會愈大。

要化解這些危機，就必須要有更多人清醒地認識這些現實，並在不同位置合力推動社會轉型。就此而言，獨立思考和批判精神，不僅沒有過時，反而更加迫切。

微：謝謝老師的分析。但若回歸現實，馬上就會有人提出這樣的問題：你說的都有道理。但正因為太有道理，當權者也深明這個道理，所以才千方百計地使得你所期望的不會出現，才會用盡各種手段遏制獨立思考和自由發聲，而那些成熟世故的學者才會那麼懂得辨別風向，聰明地用各種學術包裝為既存秩序搖旗吶喊。既然那麼多知識精英都已如此，年輕一代難免心灰意冷。

周：我明白你的感受。最近這些年，中國知識界獨立性和批判性日益減少，確實教人擔憂。不瞞你說，過去這十年，最令我遺憾的，是目睹許多我曾經敬重的學術界前輩，放棄讀書人的基本立場，背棄最初的信念，改為全面擁抱建制，成為人們所說的國家主義者。

這些朋友的選擇，也許有不得已的苦衷，或有別人無法知曉的盤算，但知識界如此大規模的轉向，仍然教人觸目驚心。那些在中國重點大學位居要職，享有極高學術聲望以及擁有龐大學術資源的學者，為甚麼會有這樣的選擇？他們難道一點也不在乎自己的學術人格和歷史評價嗎？

如果我們對此視而不見又或見而不當一回事，我認為是不負責任的，這會令愈來愈多的人棄守底線。當中國知識界的重要人物都放棄基本的學術底線，包括對真理的堅持、對思想自由的捍衛、對極權專制的批判，那麼知識界就會喪失靈魂，難以承擔起本來應負的社會責任。

也許有人會覺得這種想法陳舊落伍，但作為讀書人，在這樣的時代，不去守護思想自由，不去批判專制，卻天天圍着權力打轉，並用盡各種方法去操弄和包裝一些貌似高深難明、實質毫無具體內容的所謂大理論、大論述，然後以此曲學阿世，對我們的下一代將有極壞影響，也很難贏得人們對知識界的尊重。

4

微：聽完老師上面的講述，還是不得不問一個困擾許多年輕人的問題，就是面對這樣教人無奈又無力的大環境，我們是否真的仍有理由，在這樣不公正的社會努力做個公正的人？我們這樣做，真的不是傻瓜嗎？

周：這是根本的存在之問。凡是認真對待生活，對世界仍有要求的人，我想都會在生命某個階段被這些問題折磨——無論最後活出怎樣的答案。這裏分享幾點個人體會。

第一，要活得有力量，認真思考很重要。要思考，就得讀書，而且要帶着對現實的關懷去讀。我們許多時候覺得無力，甚至虛無，固然是由於外在壓力太大，但同時也是由於自己的知識和道德積累不夠深厚。

一時的激情容易，持久的堅持卻很難。要堅持，就須清楚知道自己為甚麼是對的，堅持的理由是甚麼，而現實中種種制度之惡為甚麼是惡，並在甚麼意義上踐踏人的權利和尊嚴。

這些問題，需要嚴肅認真地思考。我們想得愈深，理解得愈充分，便愈有信心守住自己的信念，不會那麼容易一遇到挫折便退縮，也不會被許多似是而非的大論述忽悠。在此意義上，認真對待思想，就是一種不妥協，就是一種生活態度，能夠給人力量。

第二，或許你們也知道，村上春樹在2009年那篇有名的

「耶路撒冷獎」演講辭〈永遠站在雞蛋這一邊〉中，有個雞蛋和高牆的比喻：「以卵擊石，在高大堅硬的牆和雞蛋之間，我永遠站在雞蛋這一邊。」* 這個說法很鼓舞人心，卻也相當悲壯，因為雞蛋似乎註定粉身碎骨。我反覆思考過這個比喻，覺得個體與體制之間的關係，遠較村上的說法來得複雜，而且很影響我們的公共實踐。

微：村上春樹這個比喻確實經常被人引用。您可否多談談你的看法？

周：首先，我們要瞭解村上春樹這場演講的背景。我們都知道，耶路撒冷是猶太教、基督教和伊斯蘭教的聖地，也是以色列和巴勒斯坦長年衝突之地。就在村上領獎前夕，以色列的加沙地帶便有過千名巴勒斯坦平民在衝突中喪生，包括很多兒童和老人。

村上春樹在演講中提及，當時國內外激烈批判他接受這個獎，甚至有人發起罷買他的著作。他掙扎良久，最後決定：「我選擇來，而不是不來。我選擇自己看，而不是甚麼都不看。我選擇對各位說話，而不是甚麼都不說。」† 由此可見，村上春樹選擇用高牆和雞蛋這個比喻作演講主題，是有特別用意的。

甚麼是高牆？第一層意思是指具體可見的暴力，例如轟炸機、坦克、機關槍，至於那些被擊潰、燒焦、射殺的無辜

* 英文原文："Between a high, solid wall and an egg that breaks against it, I will always stand on the side of the egg." "Always on the Side of the Egg", https://www.haaretz.com/israel-news/culture/1.5076881 。此文後來收在《村上春樹雜文集》，賴明珠譯（台北：時報文化，2012），題目改為〈牆和蛋〉，頁70–75。

† 村上春樹，《村上春樹雜文集》，頁72。

平民就是蛋。在這個對比中，我們選擇站在蛋的這一邊，相信沒有人會反對。不過，村上春樹馬上告訴我們，這個比喻還有深一層的意思：

> 請試着這樣想。我們每個人或多或少，就是一個蛋。擁有一個不可替代的靈魂和包着它的脆弱外殼的蛋。我是這樣，各位也一樣。
> 而且我們某種程度或多或少，都面臨一堵堅固的高牆。這牆有一個名字：就是體制(system)。那「體制」本來是應該保護我們的東西，但有時卻獨立起來開始殺我們，並讓我們去殺人。冷酷、有效率，而且有系統地。
> 我寫小說的理由，追根究柢只有一個。就是讓個人靈魂的尊嚴浮上來，在那裏打上一道光。為了不讓我們的靈魂被體制套牢、貶低，而經常照亮那裏，鳴響警鐘，那正是故事的任務。*

這是整個演講至為關鍵的一段。在這裏，高牆是體制，而蛋是個體。體制擁有權力，個體獨一無二和不可取代，並具有人之為人的尊嚴。作家的責任，是站在脆弱的蛋這一邊去守護人的尊嚴。

意思相當明確。村上是站在一種自由主義式的人道主義立場，來批判體制。他在這裏不僅譴責以色列政府，同時反對任何體制對個體的壓迫。永遠站在雞蛋這一邊，不僅是

* 同上，頁74。

對作家的道德要求，也是對所有人的道德要求。*

在這個比喻中，高牆和雞蛋是完全對立的兩邊。體制雖然由人創造，但卻有其獨立的權力運作邏輯，並會反過來壓迫人和吞噬人。既然如此，人的自由解放，便只剩下一途，就是所有雞蛋團結起來推翻體制。

可是一開始為甚麼會有體制？村上承認，體制由人創造，本意是用來保護人。既然如此，體制並非必然為惡。我們真正要爭取的，不是推翻所有體制，然後回到一個無體制的世界，而是推翻那些不義的壞體制，並建立公正的好體制，從而保護好每一隻蛋，並令每一隻蛋都能有尊嚴地活着。

這個概念區分相當重要，因為這牽涉到我們如何理解政治。如果體制代表政治，而體制本質是惡的，那麼人的自由和尊嚴，便只能通過否定政治來達成。這是接近無政府主義的想法。我不認為村上持有這種觀點。

如果我們同意，體制或制度，是人與人走在一起共同生活的必要條件，那麼我們真正追求的，應是公正的體制。換言之，體制本身並非與個體為敵的高牆，不義的體制才是。沒有公正的制度，蛋會更脆弱，更易受到各種力量攻擊。

村上春樹又說：「我們每個人都擁有獨特而活生生的靈魂，而體制卻沒有。」在這種想像中，體制是非人的，與人對立的，並以冷酷、有效率和系統化的方式去支配和宰制個體。

* 村上一開始似乎在說，這個立場只適用於作家。但去到演講的最後，他卻明顯在作一個更為普遍的呼籲，例如他說：「我們不能讓體制利用我們。我們不能容許體制獨自作主。不是體制創造了我們，是我們創造了體制。」同上，頁75。

可是壞的體制由誰來運作？答案是人。沒有人，體制便無法運作。雞蛋的一方是人，高牆的一方也是人。壓迫的本質，是某些人利用體制去壓迫另一些人。這些人就在我們身邊。他們可能是公務員、警察，或法官。任何一個組織嚴密和運作順暢的體系，必須有賴許多人在其中盡忠職守。

既然如此，為甚麼那些獨特而活生生的靈魂，會選擇加入體制並壓迫另一些獨特而活生生的靈魂？我們怎麼可能讓更多的人離開體制，又或更多的人不再加入體制？

這是村上沒有考慮而我們必須正視的問題。道理很簡單，既然高牆由人來維持，那麼只有愈來愈多的人見到體制的惡，並選擇離開體制，牆才有倒的可能。正是在這裏，我們見到村上所說的寫作的意義。作家通過故事，呈現雞蛋的境況，揭示高牆的荒謬，從而為改變帶來希望。

不過，問題較此還要複雜。我們這些活在體制外的人，由於無權無勢，似乎自然只能是蛋。可是人有不同的社會身份。例如，一位在工廠打工的男性，是資本主義生產體制下的蛋，可是一回到家，卻可能立刻變成父權體制的一份子去壓迫他的妻子；一位在家屈從於丈夫的女性，卻又可能是教育體制中壓迫學生的一位教師。權力關係及社會身份的複雜性，遠超雞蛋與高牆這種簡單二元的對立。一個人可以同時是白人、男性、工人、基督徒和同性戀者，因此既是雞蛋，又是高牆。

最後，高牆不僅豎立在外面，也生於人心。體制為了維持其統治，不僅需要武力和人力，還需要觀念。這些觀念形成一套迷人的、有系統的「大話」(grand narrative)，並以此合理化體制的存在。這套大話往往喜歡以偉大民族復興、國家長期穩定、社會整體利益之名，要求個體放棄個人權利，臣服於集體威權。愈多人接受這類大話，體制便愈穩定。

為了確立這類大話的絕對權威，體制一方面會作出政治宣傳和思想灌輸，令個體不加反思地接受官方説辭，另一方面也會用種種方式箝制思想言論自由，使得人們無從接觸官方以外的觀點，久而久之，人們便會將體制那套語言和思維內化成自己的世界觀，因此明明是雞蛋，卻天天為高牆辯護。這是體制之為體制最厲害的統治手段。

5

微：謝謝您的分析。既然這樣，我們可以如何應對？

周：老實説，我也不能提供任何直接了當的答案。我這裏只是想呈現體制結構或體制邏輯的複雜性，讓大家明白即使想要反抗，也不是簡單的站在哪一邊的問題。

瞭解這點，我們便要常懷謙卑和警惕，意識到要走出人壓迫人的制度，建立公平正義的社會，不是簡單的how的問題，更是複雜的what和why的問題；也不是善良個體對抗不義體制的問題，更是個體如何充分意識到體制以不同方式形塑、影響、支配我們的思想、情感和行動的問題。

要回答這些問題，我們需要發展我們的反思意識和道德意識，深入了解人性和社會構成，並在公共實踐中逐步形成共識。這是艱難而漫長的學習過程。我早已不再幻想，一場突然而來的革命，便可以將高牆推倒，然後大家便進入美麗新世界。即使眼前那堵牆倒了，如果無形的牆仍然在文化和人心盤踞，那麼新的牆還是很快會出現。

不過，我們也不要過於悲觀。既然維持高牆的是人，而人就其本性而言，是能獨立思想、有同理心和是非心、脆弱但獨一無二的個體，那麼只要愈來愈多人意識到這些本性且重視這些本性，然後聯結起來，體制便有機會出現裂縫。人的自主意識和道德意識具有強大的生命力，即使在最惡劣的環境，也會頑強生長，並努力守護人的尊嚴。

村上春樹在演講最後說：「牆太高太堅固，且冰冷。如果我們有類似勝算的東西，唯有來自我們相信自己和彼此的靈魂是珍貴且不可替代的，從聚集那溫暖所產生的東西。」*

人的善良本性，是黑暗中的光。

用我經常說的話，我們活在世界之中，而不是世界之外。我們認真生活，執著對錯，身體力行，我們就在完善自己，同時在改變世界。這些力量看上去雖微弱，但只要有光有水有泥土，某個時刻，水泥地上也能長出花。†

我們要有這樣的信心。

---

* 同上，頁75。

† 據報導，雨傘運動之後，香港有位叫Miffy的讀者，在2015年寫信給村上春樹，問到底怎樣才能動搖高牆。村上在他的網頁回信說：「很多事情未能盡如人意，讓我感到可惜。但我認為你們為民主而走的路，最終絕不會白費。現在乍看像是『甚麼都沒發生過』，但在看不到的地方，確實起了一些變化。你們走過的路，已化作事實留下來，沒有人可以無視這些事實。世界亦會根據這些事實而改變。今後，請你們繼續努力，一點一滴改變這個世界。我仍會為你們加油。」報導見：https://www.thenewslens.com/article/13447?fbclid=IwAR1eggGrUk9gYKRsuN_pfH8el3V6PRYFltZVxquNZ-uEJuYNkOoF76gIsNY

11　時代嚴寒，讓我們圍爐取暖*

1

圍爐[圍]：周老師，謝謝您接受我們的訪問。我們知道您在中大讀書時，最初是讀工商管理，直到大三才轉到哲學系。請問這個轉變是怎樣發生的？

周保松[周]：工商管理當時是熱門學科，較易就業，也較易得到社會認同。很現實的考慮，學它就是因為出路比較好。我是新移民，家境不好，父母也想我將來找份好一點的工作。但是頭兩年讀工商管理時，我很不快樂，因為我發覺讀的東西不是自己喜歡的，感覺在浪費生命。

很幸運地，大一時我修了一門陳特先生的「哲學概論」課，好像走進一個新天地，裏面的學問都是自己喜歡的，於是起了轉系的念頭；不過，父母並不同意，自己也不確定，結果掙扎了兩年。記得當時我經常問自己：我以後想過怎樣的生活？希望自己成為怎樣的人？最後，我下定決心，在大學三年級改讀哲學。

現在回頭看，我很慶幸當時做了這樣的決定。轉系之後，我讀的書都是自己喜歡的，想的問題都是自己覺得有意思的。我覺得自己的生活完全屬於我，感覺充實完整。那真

* 這是微信公眾號「圍爐」2019年3月與我做的專訪，負責訪問的是香港中文大學圍爐團隊，原題是〈對話周保松：一個自由主義者的教育追求〉。其後《端傳媒》轉載了一個修訂版，取題為〈時代如此嚴寒，讓我們圍爐取暖〉。此為進一步修訂版。

是我的人生的重要一步。沒有那一步，我很可能便走上另一條路，而不會像現在這樣以哲學為志業。

圍：「以哲學為志業」，指的是遇到甚麼問題都更願意往哲學方面思考嗎？

周：是的。甚至不是願不願意的問題，是沒辦法，因為它已經成為你生命的一部份。在這個意義上，哲學成了我的生活方式。這是甚麼意思呢？就是你的生活、思考甚至行動，都必須經過一番蘇格拉底所說的「理性的檢視」。你會習慣甚麼事情都問「為甚麼」，以及這些事情「是否合理」。如果不合理，理由又是甚麼？ 可以說，這是一種反思性的生活方式吧。

圍：常有讀哲學的朋友覺得，他們看不到自己未來的生活是甚麼樣的。您怎麼看這種想法？

周：這個需要每個人自己去思考和決定。其實讀一些職業導向的專業，雖然在未來職業上較有保障，但那不見得就是你想過的生活。你讀職業導向沒那麼清晰的學科，可能反而給你多一些空間，去瞭解自己的個性和興趣，然後走出一條適合你自己的路。

瞭解自己，是很難的一件事。但沒有辦法啊，你不瞭解自己，就等於將你的人生許多重要決定交給別人來做，因為你並不知道自己想要甚麼。在此意義上，這不是讀哲學才有的問題。你讀社會學、歷史學，又或理工科，其實都一樣，因為你要過怎樣的生活，成為怎樣的人，始終需要一番自我瞭解，並得到自己內心的認同。

圍：作為教師，您覺得大學這四年怎樣過才有意義？

周：簡單點說，做有價值的事，成為有思想的人。大學是追求知識學問的地方，作為大學生，最基本的，就是要求自己成為有思想的人。當然這事沒法強迫，如果你不覺得這有甚麼重要，也沒辦法。不過，既然生活是你的，而你又不想虛度的話，你總得自己回答自己，怎樣的大學生活才有價值。所以，這個問題一點不浮泛，而是真實的必要之問。

我經常和同學說，你的大學生活很可能是你的人生最自由的四年，你可以自由地看電影、讀書、聽音樂，還可以認識到許多有個性的同學。離開大學後，投身職場，每天上班下班，工作也可能沒有滿足感。那真的是兩種截然不同的生活。所以，好好珍惜這四年，藉此確立自己的人生方向，真的很重要。

我有時會因此說，大學生活其實是在為你的未來「儲糧」。你在這裏累積到的知識、文化和精神資源，可以成為你日後生活的重要糧庫。我明白，現在的大學教育有許多不如意之處，不過，如果你有志於學，還是有不少機會遇到好的師友、接觸到好的學問，從而提升自己的思想境界。

圍：那麼您的大學四年給您留下了甚麼？

周：留下許多。我甚至會說，沒有那四年，我不會是今日的自己。我於1991年入學，1995年畢業。那是頗特別的一個時代：剛經歷完八九民運，九七大限未至，港英政府在港督彭定康領導下，加速推動香港民主化，校園文化相當自由開放。

我那時除了醉心哲學，也參與《中大學生報》工作，而且做了好幾年，大部份時間都是在做採訪、寫文章、搞活動。在六四紀念和十一國慶時，也會和同學出去新華社(當時中國政府駐港官方機構)示威。很幸運，我也遇到一些對自己影響很大的老師，例如陳特、石元康、小思、沈宣仁先生等。除了這些，抽煙、泡酒吧、拍拖、辦讀書小組、寒暑假時做背包客去大陸旅行等，也是少不了的。

因為有過這些日子，我對中大有很深感情。後來回到中大教書，我也參與了不少守護中大傳統的運動，例如「保樹立人」、保護中大雙語教學傳統、護送民主女神像入校園等等。中大確實是一所有人文關懷和歷史使命的大學，至於如何延續這個傳統，就須大家一起努力。

2

圍：您的專業是政治哲學，大多數人聽到這個名稱或會不明所以，甚至望而卻步，您會怎樣解釋政治哲學的要旨？

周：簡單點説，政治哲學關心的基本問題，是我們怎樣才能一起好好生活。人一生下來，就不是活在孤島，而是活在社會之中。既然我們活在一起，我們就需要一些公平的、大家都能接受的規則，來規範彼此的合作。這些規則會決定誰來做管治者，個體享有甚麼權利及須承擔甚麼義務，社會資源應如何合理分配等。這些規則，是社會合作的基礎。

政治哲學希望找到這些規則，並論證這些規則為何合理。這個問題十分重要，因為我們每個人都活在規則界定的制度之中，而且必須無條件服從，因此，規則是否公平及能否充份保障人的福祉權益，對每個人有直接和根本的影響。在此意義上，這些問題值得所有人關心，因為沒有人活在政治之外。

圍：身為一名政治哲學教師，您對自己有甚麼期許？

周：好像很少人在採訪中，問過我這個問題。不過，這個問題對我卻極為重要，因為我很在乎自己是一位教師。我大部份時間，都用在教學上。不論在臉書還是微博，我的自我介紹都是「教師」。

身為教師，最基本的責任，是傳授知識，為學生打開學問世界那扇窗，讓他們見到窗外的美好風景，並提升自己的生命境界，成為正直善良的人。在這個意義上，我很受新亞書院創辦人錢穆先生的影響。《新亞學規》第一條，說的是「求學與做人，貴能齊頭並進，更貴能融通合一」。道理很清楚，大學不應只是職業訓練所，也不應只重視培養專家，而應求學與做人並重。為甚麼呢？在緊接着的第二條，錢先生進一步告訴我們，「做人的最高基礎在求學，求學之最高旨趣在做人。」

我作為一名老師的自我期許，就是希望自己能在每天教學中，一點一滴實踐這種求學與做人並重的教育理念。更具體一點說，我覺得，即使在一門政治哲學課程中，除了探討哲學思想，我也希望可以有公民教育、情感教育、美學教育、生命教育的元素在裏面。

不過，這真的是說易做難。我這些年來，一直在做各種教學嘗試，慢慢累積經驗，例如「原典夜讀」、讀書小組、網上討論、露天上課、電影和文學欣賞、校園文化導賞等活動。即使如此，每次踏進課室，我仍然戰戰兢兢，擔心自己教得不好而辜負了學生。

圍：是甚麼使得您堅持做這些事？是身為教師的責任嗎？還是說這是您的理想生活狀態？

周：兩者都有。責任是一部份。你選擇了做教師，便得盡教師的責任，這是不待言的。不過，在和學生的相處中，我確實得到許多快樂。師生關係，建基在思想學問，而非利益和權力，相當純粹。每天在課堂上，和學生有好的交流，見到學生眼睛發亮，因而忘記時間的過去，那是很美好的。

做老師另一樣好處，是你每天都能真實見到學生在成長、在進步。學生的改變可以很快，例如學生跟我讀一個學期的書，大概總要讀上數十篇文章，參與各種活動，然後有全天候的網上群組討論。幾個月下來，你會見到學生的明顯轉變。人是會思想的動物，一旦開始思想，就會有改變。

教師真的有點像園丁那樣不起眼，每天好像都在重覆做同樣的事。可是，你用心將種子播下去，只要有合適的土壤、水分和陽光，它早晚會開花結果。這些工作，潤物細無聲，不見得別人會見到或懂欣賞，但你自己會知道它的意義。

圍：不同於傳統的教室授課形式，您的課堂充滿創新和多樣性，比如在圓形廣場授課、帶同學去行山、原典夜讀等等。您設計這些內容的初衷是甚麼呢？

周：首先是好玩。我們都知道，在課室上課，有時同學會覺得很沉悶，於是要麼看手機看電腦，要麼打瞌睡，甚至就乾脆不來上課。所以，我要想辦法讓大家享受上課。同學去到草地就會有不一樣的感受，因為他們會見到樹，聽到風，感受到陽光，還會聞到空氣中青草的氣息。這種親近大自然的快樂，在冷冰冰的課室是無從體會得到的。

同學體驗過這樣課堂，對校園感受自會不同。你在一個地方生活，要有歸屬感，覺得像自己的家一樣，第一步就是要認識它、欣賞它。現在是春天，漫山遍野都是杜鵑，不出去走走，不是很可惜嗎？試想想，如果你在中大四年，卻從來不曾在青草地上躺過，不曾用心欣賞過這裏的花草樹木，不曾留意過山城顏色如何跟隨季節變換，每天只是來來回回擠校巴、跑飯堂、應付功課考試，然後畢業離開，那麼你對這所大學將很難有甚麼很強的歸屬感。

歸屬感，必然來自你對一個地方的歷史的認識和情感的認同。這也是為甚麼過去十年，每個學期，我都會辦一次中大歷史文化導賞，用半天時間，從山腳的崇基學院走到山頂的新亞書院，沿途介紹校園風景和人文歷史，讓同學對中大人文傳統有個基本瞭解。有了歸屬感，你才會在乎這個地方，才會有動力去守護和承傳她的好東西。

3

團：無論在校內還是校外，您都舉辦並主持很多文化活動，例如中大的「思托邦」講座、「博群大講堂」和「博群影院」、北角咖啡館Brew Note文化沙龍等。是甚麼促使您去做這樣的事情的？

周：這事說來話長。「博群計劃」是沈祖堯校長初上任時創辦的，至今已有九年。我從一開始便獲邀主持博群大講堂，希望通過籌辦各種思想文化活動，提升同學的公民意識和文化關懷。這些年，我們辦了各種活動，例如博群花節、書節、電影節等等，還有數不清的講座，講者有林懷民、白先勇、許鞍華、林夕、龍應台、北島、賀衛方、秦暉等等。

這些活動都辦得相當有創意和有格調，吸引許多同學參加，因此對整個校園文化氛圍有相當大的影響。也許我用我們正在舉行的第四屆「博群書節」來作例子，你會更容易明白。

書節的意念很簡單，就是呼籲校友捐贈舊書，然後在書節期間，我們再將書免費轉贈給同學。與此同時，我們會舉辦一系列和書相關的閱讀講座，例如今年我們請來賴明珠談村上春樹作品的翻譯，梁文道談歷史記憶之必要。我們也會播放《讀愛》(*The Reader*)這部電影，並和同學作映後分享。

書節的意義在哪裏呢？我想至少有三方面。

第一是恢復舊書生命。我們這次合共募捐到兩萬五千本書，破了之前紀錄。我們將書放在一個專門設計的書房，讓同學來瀏覽，然後每位同學最多可挑取八本(最後增加到三十二本)。這些舊書本來已沒有人讀，現在去到同學手上，可說是復活了它們的生命。

第二是體現一種人情味。那麼多校友願意捐書，是因為能夠令同學受惠。試想想，一本本師兄師姐曾經讀過、珍惜過的書，現在交託到一個個不相識的學弟學妹手上，裏面實有一份不易言說的情意。書，成了聯結人的橋。

第三是提升校園的文化氛圍。書節是以書為中介，聚集大家一起閱讀和思想的活動。通過十數場講座和「打書釘」，我們希望同學感受到一種美好的共同閱讀的氛圍，從而見到大學生活的另一種可能。

至於Brew Note文化沙龍，則是我這兩年做的另一個文化實驗。活動形式頗簡單：每月邀請一位講者，在北角堡壘街的咖啡店，與大家一起自由地思想對話。過去兩年，我們辦了差不多二十場，講者有黃耀明、梁文道、許寶強、吳靄儀、莊梅岩等；題目多元，從政治、哲學、社會、歷史到文學和戲劇都有。

每次來的人都很多，甚至不少是從內地專門過來，將小小咖啡館擠得水泄不通，以至於許多朋友不得不站着聽三小時。我的想法很簡單，就是希望在香港的城市中心，搭建一個思想沙龍，讓大家來試試過一種公共的知性生活。這個實驗還在繼續，我覺得很好玩、很有意思，而且也慢慢開始有一些迴響。

4

圍：您曾提到，香港學生處在更加自由開放的環境中，所以更習慣於批判性思考。可是在內地，由於自由表達觀點的權利往往受限，個體可以如何培養多角度思考的能力？

周：目前內地的大環境，確實很不理想，其中最大的問題，是嚴重缺乏自由。過去這幾年，言論、新聞、出版、學術自由，受到前所未有的箝制，連我身在香港，都體會甚深。自由是教育的關鍵。沒有自由的社會環境，很難培養出真正的自由人。

儘管環境那麼惡劣，不過我用微博多年，就我觀察，內地有志於思想的年輕人，還是不少。我貼在微博的長文章，不僅有很多人閱讀，而且有許多水平很好的討論。我早幾年每次回內地的大學講學，每一場都擠滿人，同學如饑似渴地吸收新知。見到這些年輕人，我對中國未來便不是太悲觀。畢竟見過光的人，不會願意重回黑暗；經歷過自由的人，不會願意再入牢籠。只要這樣的人愈來愈多，高牆就不可能完全禁錮人們的心靈。

圍：那麼「不關心政治」這件事情本身是錯誤的嗎？

周：即使不是錯，也不是那麼理想吧。正如我前面所說，無論我們是否喜歡，客觀而言，政治必然會影響我們每一個人。我們上網的自由、信仰自由、消費自由、接觸新聞資訊的自由等等，都和制度有關。如果制度限制這些自由，我們沒有人可以置身事外。

在一個正常的自由社會，關心和參與政治，理應是生活的一部份，就像呼吸一樣自然。但在我們的社會，政治卻成了最大禁忌。你在學校辦個讀書小組，都會受到各種監視和打壓，在微博和微信發表言論，也會隨時遭到封號禁言，我們可以怎樣去關心政治？

我們因此實在不應埋怨今天大陸的年輕人政治冷感，因為問題的根源，是我們缺乏政治參與的最基本條件——免於恐懼的自由。但這是否表示我們因此甚麼都不應做？不是。正因為情況這樣不理想，而我們又知道公共參與對社會改革的重要，所以我們更應該在力所能及的範圍內，積極謀求改變。

5

圍：除了這些面對面的交流，您還經常在臉書和微博上和網友進行線上討論交流，在您眼中，這種交流有甚麼意義？

周：相較許多知識界同行，我確實算是一直堅持在社交媒體做公共討論。我知道，無論是自願還是被迫，許多朋友都已離開微博。而我一個用了七年的微博賬號，在完全沒有預警下，也於2018年6月遭徹底封號。我的微博，有我無數思考紀錄和許多美好回憶，還有二十萬網友，可在瞬間卻灰飛煙滅。權力的粗暴，莫此為甚。沒有這種經歷的人，大概很難明白我的心情。

我當時就想，既然已到這個地步，不如就徹底離開吧。可是過了幾個月，我在香港某個場合和一些內地同學交流，談民主的理念。當天分享完後，有位同學走過來和我說，周老師，你重回微博吧，大陸實在有太多年輕人，想聽到你說的東西。她一邊說，一邊掉眼淚。我當時沒說甚麼，但我駕車離開時，也忍不住掉下淚來。

我其後遂重開微博，但名字由「周保松」變為「保松周」。在很短時間內，又吸引了好幾萬讀者。可惜好景不長，我在今年四月，這個號再次被炸。於是，我再註冊一個新號，名字叫「松保周」。6月9日，香港百萬人反對修訂「逃犯條例」大遊行之後，我在微博說了句「這是香港歷史性的一天」，結果被禁言一個月。

圍：既然如此，為甚麼仍要如此執著？

周：我也經常這樣問自己。說到底，是因為不捨和不忍。

不捨，是捨不得這些年來在微博上認識的許多素未謀面、但卻真誠相待的朋友。舉個例吧。去年12月我在微博問了一個問題：「這一年來，大家讀過而又收穫最多的，是甚麼書呢？只說一本。」結果這條微博收到1913條回覆，4376個轉發，184萬人次閱讀。

最有意思的，還不是這些數字，而是每位網友的分享。每個人讀的書都不同，每個人都用心寫下閱讀心得，然後大家會和應，並形成一張很豐富的書單。這是甚麼？這就是當下中國讀書人的閱讀史啊。我很感激這些網友的信任，願意在我的園地這麼認真地分享。我深知，這很不容易。

不忍，是因為我在微博認識許多年輕人，瞭解他們的求學處境實在很艱難——思想言論不自由，老師教學不認真，社會各種不公平，整體大環境的壓抑，往往令他們感到彷徨絕望。面對這種處境，我也做不了甚麼，但我留在微博，多少想表明一種態度，就是「我願意和大家在一起」。

我知道，我處在安全得多的位置。例如最簡單的，是我可以自由看Youtube，而他們卻必須冒險翻牆。我在微博發言，最大代價是被炸號，他們卻可能要被「喝茶」。儘管如此，我仍然願意和大家在一起。我從來沒在微博說過這句話，但這確實是我的心願：時代嚴寒，讓我們圍爐取暖，共同面對。

我願意花時間在微博，還有兩個重要原因。

第一，我實在已沒有其他更好途徑和大陸讀者交流。我的微博有個重要特色，就是我會發許多三四千字的長文，大部份和政治哲學相關，我也會將我平時的教學筆記放上去，供有志於學的朋友參考。對我來說，微博是個公共教育平台。

第二，我希望在微博示範一種比較好的公共討論。許多人會說，微博不是一個討論的好地方，因為許多不相識的人往往一言不合便吵起來，而且吵得很兇，伴隨各種人身攻擊。我也經歷過不少這樣的攻擊。但我可以負責任地說，這些年來，我從沒有在微博罵過人一句「五毛」和「腦殘」。這不僅是個人修養問題，而是我們真的不太懂得如何進行好的公共討論：不懂得如何對事不對人，不懂得將道理好好說清楚，不懂得寬容和尊重異見。這些都需要學習，而我們的教育從來不教。

公共討論為甚麼那麼重要？因為現代社會是個多元社會，幾乎在所有公共議題上，大家都會有不同意見。如果我們無法通過討論來理解對方並尋求最低度的共識，我們就很難和平共處。如果討論說理不可行，那如何解決衝突？很可能就只能靠暴力。

中國要民主轉型，很重要的一課，是接受每個個體享有平等的權利，同時每個個體具有不同的觀點。民主的精神，是要在承認這種平等且各有差異的前提下，找到和平共處的方式，並一起尊重這種方式。這是很難的一件事。這需要我們在公共生活中，慢慢一起學習。在這種意義上，微博縱使有千百樣不好，仍然是大陸極少有的平台，讓我們學習如何進行公共討論，並在最低程度上體驗公共生活的滋味。

6

圍：所以您的良苦用心，還是試圖帶給大陸一些您重視的價值和思想？

周：是的。我從來不隱瞞自己是個自由主義者。我最大的心願，是希望香港和大陸有一天能夠實現自由民主。具體點說，就是個人自由得到充份保障、公民享有平等政治權利、社會資源得到公平分配，以及每個人都有條件過上自由自主的生活。對我來說，對自由民主的渴求，植根於我們的生存處境，也植根於我們對美好生活的希冀。我認為，這是中國未來的唯一出路。

圍：您這些年來努力以中道和理性路徑參與公共生活，卻被當權者視為激進與異議，這種標籤對您的公共言說會產生甚麼樣的影響？您會採取甚麼策略來應對？

周：這是無可奈何的事。不過，既然這是自己的選擇，也只能盡量坦然面對。我其實很少直接參與狹義的政治活動，主要還是從事教育和學術工作。對我來說，無論是教學、沙龍、讀書會、微博和臉書，都和教育相關。當然，這裏的「教育」，是一種廣義的公共哲學式的教育。

我的觀點其實談不上激進，我就是一個自由主義者的立場。例如我主張言論和思想自由，其實正常不過，對方卻偏偏要用盡方法剝奪你的自由，你除了抗議，也別無他法。又例如我認為中國要走自由民主的路，這是五四運動以來無數讀書人的觀點，更是世界潮流，這算得上甚麼異議呢。

相較於大陸同行，我的壓力其實輕許多，畢竟我人在香港，我的公共言說和公共參與，暫時還不會威脅我的人身安全。所以，我就是在力所能及的範圍，盡量做我認為有價值的事。某些空間被封閉了，便嘗試開拓另一個空間；

某些事情不能做了，便嘗試做另一些事。我一直比較在意的，始終是教育和公共文化，我覺得值得做，以及可以做的事情還有許多。

圍：那面對這樣的環境，您在做這些事情的時候，會不會覺得很無力？

周：這個問題，我近年經常被人問及。坦白說，雖然我也有沮喪的時候，卻很少陷入絕望無力的狀態。我也不是盲目樂觀，只是希望自己盡量不受這些情緒困擾，以一種平穩沉實的心態來面對時代。我有幾方面的理由。

第一，從我的經驗看，只要你踏踏實實將手上的事做好，就不會覺得徒勞無功。以我為例，你教好一堂課，學生的眼神就會告訴你，你的教學對他們是有用的；你寫出一篇好文章，成千上萬讀者就會告訴你，你的思想對他們是有價值的；你組織一場沙龍，擠滿一室的聽眾就會告訴你，你的活動正在豐盛他們的生活。一如當下你們訪問我，我認真回答，我相信稍後讀者讀到此文，也會因此有所得着。

為甚麼大家覺得很無力？我想有兩個原因。

一是還沒開始嘗試，便已認定一切沒有意義。倘若是這樣，走出困境的方法，就是「坐言起行」。二是做了，卻將目標定得太高，高到無論做了甚麼都覺得無法達標，因此一切沒有意義。如果是這樣，解決方法是務實一點，不要好高騖遠，先將手上可以做的事做好。當然，這不表示你最後一定會成功，但立足於當下的實踐，即使很微小，也總會令世界變好一點。退一步，就算你改變不了別人，

至少改變了自己 —— 你變成一個行動者。這已是很了不起的事啊。

還有，我們最好學會從長遠一點的歷史眼光，來看待今天的處境。今年是五四運動一百週年。回看百年歷史，中國許多時候都在經歷戰亂或各種政治運動，無數人在苦難中度日，或流離失所，或喪失自由，或犧牲生命。相較於他們，我們很難説自己活在最壞的時代。

是故，即使大環境很不理想，我們還遠遠未到絕望和放棄的地步。我不相信歷史決定論；我相信，個體的努力總有改變歷史的可能。如果我們不滿現狀，卻認為做甚麼都徒勞，然後大家旁觀着世界變壞，那我們可以抱怨甚麼呢？!

我絕非盲目樂觀。我在自己的實踐中，在身邊許多朋友的實踐中，實實在在見到轉變的可能。有許多事情，你不做，它永遠不會發生。你做了，它就存在，就會影響人，也就會令世界變得不一樣。世界充滿裂縫，有裂縫就有光，就有可能性。人生只能活一次，與其長嗟短歎，不如具體行動，從小處做起。

歷史眼光的另一層意思，是我們須清醒知道，人類歷史中的傳統、習俗、觀念、制度和各種偏見，都有很強的惰性。即使我們清楚知道有些事情不合理、不正義，保守的力量也會用盡各種方法去維持現狀，甚至不惜用暴力將異議聲音壓下去。目睹巨大不義在我們眼前發生，我們卻無力阻止，確實令人感到殘酷。

所以，要在社會結構層面改變制度和觀念，往往需要一代又一代人的努力。在這個過程中，許多人付出代價，甚至獻出生命。這些努力，是否必然徒勞？不是。沒有一代又一代自由主義者的努力，也許直到今天，我們仍然不明白自由民主為何對中國如此重要，並值得我們繼續努力。又例如美國著名民權領袖馬丁·路德·金在上世紀六十年代為南部黑人爭取投票權時，已經距離美國立國差不多二百年。也就是説，即使像美國這樣的民主社會，黑人也須經歷無數抗爭，才能爭取到憲法賦予他們基本權利。

有了這種認識，我們對於當下的歷史低潮，便不會過於絕望。在歷史長河裏，我們每個人的力量都很微薄；但對每個個體來説，他的道德選擇和道德實踐，對他以及他生活的世界，卻有着無比重要的意義。我們意識到自己的微小與重要，努力活出人的尊嚴，也許就是我們應做之事。

12 小王子的哲學*

各位朋友，大家好。在這個講座開始前十分鐘，我仍然不太相信我可以站在這個講台，所以感覺有點不真實。這幾年，我有過太多演講在最後一刻被取消的經歷，是故先要特別感謝季風書園。我知道這很不容易。

我其實不是第一次來季風書園。五年前，我的《走進生命的學問》出版時，曾在當時陝西南路的季風總店做過一次分享。那天同樣來了許多朋友，將書店擠得水泄不通，討論自由而熱烈，我至今仍然歷歷在目。

大家剛才進來時，應該留意到門口有個倒計時。是的，還有二百多天，季風就得「被倒閉」。大家都知道這是怎麼一回事。我這裏要向季風書園致最高敬意，感謝你們這些年來的努力，造福無數讀者，並為中國獨立書店史譜下傳奇一頁。

在今天中國，獨立書店為甚麼那麼重要？我只談兩點。

第一是傳播觀念。我們的社會要改革、要進步，必須要有新觀念，否則，我們很難有足夠的知識資源，去認識社

---

* 這是2017年4月28日，我在上海季風書園做的一場講座的修訂稿。季風書園是上海最重要的獨立書店，定期舉辦思想講座，卻被當局勒令關閉。季風從2017年4月起，在書店門口做了一個倒計時，公開宣佈自己的「被死亡」。歷經二百多天的漫長告別後，季風於2018年1月31日正式結業。季風是中國獨立書店的典範，在重重壓力下，仍以有尊嚴的方式向讀者告別，成為廣受關注的公共事件。謹以此文向季風創辦人嚴搏非先生及所有員工致敬。

會、瞭解世界。書店每一本書，都承載觀念。我們與書相遇，就是為我們打開新窗，引領我們見到各種好風景。這種機會愈受限制，人們接觸新知的機會愈少，我們的生命就愈貧乏，社會改變的可能也愈小。

第二是守護價值。歷史上所有重要著作，都承載人類文明價值，啟迪我們思考人應該怎麼活，社會應該怎麼安排，人才能有尊嚴地活着。如果我們沒有一些普遍共享的價值作為社會基礎，人的心靈秩序和社會秩序就會失去規範。

在我們這個充滿不確定性的時代，傳播觀念和守護價值的重要，不言而喻。獨立書店的價值，亦在此顯。季風不僅屬於我們愛書人，更屬於整個社會。季風關了，不僅是讀者的損失，更是整個社會的大損失。上海這樣一個繁華發達的大都會，竟然容不下像季風這樣的一家書店，令人心痛。季風的生命在倒數，但季風的書，季風的講座，季風在晦暗時代燃起的燈，一定會長留我們每個人的心中。

1

今天我和大家分享的題目，叫「小王子的哲學」。《小王子》是家喻戶曉的文學名著，全球每年銷量數以百萬計，更被翻譯成250多種語言。據我所知，華人社會已有過百種譯本。* 儘管如此流行，許多人卻僅視之為一部寫給小孩子看的童書，又或一部愛情童話，談不上有甚麼深刻哲理。我不同意這種觀點，還因此出版了一本《小王子的領悟》。† 今天我就綜合談談我的看法。

---

* 安東尼・聖修伯里，《小王子》，繆詠華譯(台北：二魚文化，2015)。

† 周保松，《小王子的領悟》(香港：中文大學出版社，2016；增訂版，2017)。

《小王子》的作者叫Antoine de Saint-Exupery，大陸譯為「聖埃克蘇佩里」，港、台一般譯為「安東尼·聖修伯里」。聖修伯里1900年生於法國里昂，本身是飛機師，同時也是很有名的作家，他的其他作品包括《夜間飛行》、《風沙星辰》等。

《小王子》寫於1942年，並在1943年以法文和英文在紐約同時出版。書中那些可愛的插圖，也是聖修伯里自己畫的。完成這書後，作者便回到歐洲加入抵抗納粹德國的「解放法國空軍」部隊，並在1944年7月31日駕駛飛機執行任務時，消失於地中海，從此一去不回。

《小王子》很薄，很快可以讀完，故事似乎也不複雜。這本書到底在講甚麼？不同讀者會讀出不同東西。我認為，這本小書其中一個很重要的主題，是用童話故事的方式，道出作者對現代社會的深切反省。他認為現代人病了，而且病得很重，因為現代社會正陷入重大危機。

這個危機是，現代人活得很孤獨。

聖修伯里認為，現代世界的個體，雖然物質生活豐盛，卻活得異常孤獨，失去童心，欠缺朋友，不懂得愛人，無法與人建立真正長久的關係，因此而找不到活着的意義。那麼孤獨的原因是甚麼，而我們又要怎樣才能走出這種孤獨的狀態呢？

出路在哪裏？出路在用心去瞭解，甚麼是人生命中的真正重要之物，然後好好守護。真正重要的，是人，是你在乎的人。只有和你在乎的人建立聯繫，人才能走出孤獨。這個建立聯繫的過程，聖修伯里稱為「馴服」。*「馴服」是整本書的核心，今天我們會集中討論。

2

先簡介一下《小王子》的故事。小王子最初一個人住在一個叫B612的星球。星球非常小，一天可以看到44次日落。有一天，星球長出一棵玫瑰。小王子愛上這朵玫瑰，玫瑰也愛上了他。可是他們之間很快便出現矛盾，小王子決定永別玫瑰，去世界流浪。

離開B612後，小王子先後拜訪了六個星球，最後來到地球。這六個星球都分別住着一個人，有國王、貪慕虛榮的人、酒鬼、生意人、點燈人和地理學家。小王子很希望跟這些人做朋友，最後卻都失敗，所以愈來愈孤獨。

小王子來到地球後，偶然經過一個種有五千朵玫瑰的玫瑰園，才發覺他所愛的玫瑰並非世間獨一無二，遂感到極度失落。在這個時候，狐狸出現。狐狸很有智慧，教曉小王子「馴服」的道理，並令他終於明白他和他的玫瑰之間，是怎樣的一種感情。經此領悟，小王子意識到他必須對他馴服過的玫瑰負責，於是選擇將生命交託給一條自稱能夠幫助他重返B612的毒蛇，最後消失於沙漠。故事在這裏結束。

要理解《小王子》，有三個關鍵問題須回答。

一，小王子為甚麼要離開玫瑰？既然小王子深愛玫瑰，而且知道他一旦離開，玫瑰很可能會死掉，為甚麼還要非走不可？ 二，狐狸說的「馴服」是甚麼意思，及為甚麼如此重

---

* 這個詞的法文是apprivoiser，英文是tame。中文譯本中，也有人譯為「馴養」或「馴化」。

要？三，小王子為甚麼冒失去生命之險，也要非回他的B612不可？

今天時間所限，我會集中探討第二個問題，即「馴服」的意義，以及需要甚麼條件，人才能有機會和別人建立馴服的關係。

3

「馴服」這個概念出現的背景，是和小王子在玫瑰園經歷的一場危機有關，因為他發現他的玫瑰，原來並非獨一無二。狐狸教導小王子要學會「馴服」，是要幫助他走出這場危機。

我們先來看看這是怎樣的一種危機。書中第20章。小王子偶然經過玫瑰園，在裏面看到五千朵玫瑰後，有以下一番自白：

> 「我自以為擁有一朵獨一無二的花兒，所以很富有，其實我擁有的只是一朵普通的玫瑰，這個花兒，再加上我那三座跟膝蓋一般高的火山，其中一座搞不好還永遠熄滅了，我不會因為這些就成為一個非常偉大的王子……」，於是，他就伏在草叢中，哭了。*

小王子為甚麼那麼傷心？小王子未見到五千朵玫瑰前，以為自己所愛的玫瑰，整個宇宙只有一枝，因此獨一無二。他相信只有他一個，擁有這樣獨一無二的玫瑰，因此是個偉大的王子。小王子的身份認同和自我肯定，建基於此。

---

* 《小王子》，頁135。

小王子自覺偉大，所以自信，並因此瞧不起他在路上遇到的國王和商人。為甚麼如此自信？我想他一定是在想，權力和金錢，相較於我的玫瑰，其實都不重要，因為我的玫瑰世間獨有，所以無價。

正因為有這樣的信念，當小王子見到玫瑰園有五千朵長得一模一樣的玫瑰時，迅即崩潰。支撐他生命最重要的東西，原來是假的。如果「獨一無二」是他愛他的玫瑰的主要理由，那麼見到五千朵玫瑰以後，他的愛便失去了基礎。

小王子會開始想，如果我的玫瑰並非獨一無二，那麼我在五千朵玫瑰裏面隨便挑一朵去愛，又有甚麼不可？反正它們沒有任何分別。如果是這樣，小王子似乎就沒有繼續去愛B612那朵玫瑰的理由。

小王子於此面對兩重危機。第一，是身份認同危機。他一直用來肯定自己是個偉大王子的基礎沒有了。第二，他失去掛念和眷戀他的玫瑰的動機。他會問，既然我的玫瑰不是獨一無二，我還有繼續愛的理由嗎？小王子在這裏，要麼從此告別他的玫瑰，要麼找到新的理由，肯定他的那朵玫瑰依然值得他愛。

「狐狸就是這時候出現的。」

這是第21章的第一句話。「這時候」，說的是小王子最無助、最失落、最傷心的時候。狐狸出現，就是要來救小王子出困境。

如何救呢？狐狸對小王子說，你必須要學會馴服。小王子第一次聽說這個詞，感到奇怪。狐狸說，這是一件經常被人遺忘的事，大部份現代人已經不知道它的意思。「馴服」

就是建立關聯。當一個人用心和另一個人建立起一段關係時，他們就是彼此馴服。有了這種關係，人的生命就會有根本的改變。狐狸說：

> 對我來說，你還只是一個跟成千上萬個小男孩一樣的小男孩而已。我不需要你，你也不需要我。對你來說，我還只是一隻跟成千上萬隻狐狸一樣的狐狸而已。可是，如果你馴服我的話，我們就會彼此需要。你對我來說，就會是這世上的唯一。我對你來說，就會是這世上的唯一……*

這段話是說，客觀而言，沒有人是獨一無二的，我們都只是千萬人中的其中之一，一如五千朵長得一模一樣的玫瑰。小王子之前以為他的玫瑰獨一無二，其實是想當然，實際上沒有這回事。

可是狐狸緊接着說，如果你馴服我，我們就會彼此需要，你對我來說就會是世上的唯一，我對你來說也是世上的唯一。在這裏，狐狸其實提供了一種對「獨一無二」的新詮釋，而這跟之前那種「獨一無二」，意思完全不同。狐狸很聰明。牠拯救小王子的方法，不是叫他放棄他的玫瑰，而是提供一種對「獨一無二」的新的理解，即在一段馴服關係裏面，我們將體會到更深一層的「獨一無二」。

換言之，《小王子》其實有兩種對「獨一無二」的理解。

第一種是所謂客觀意義上的獨一無二，比如這款手機，

---

* 《小王子》，頁140。

全世界就只有它一部，又或者那顆鑽石，全世界就只有它一顆，完全沒有替代品，因此獨一無二。

第二種是指在一種人際關係裏面，人與人之間建立起來的「獨一無二」。它的意思是說，當我們用心去經營一段關係，大家都投入時間和感情，那麼這段關係中雙方見到的彼此，就是獨一無二、不可取代。

狐狸想告訴小王子，人生中最重要的獨一無二，其實不是往外求那一種，因為那並非我們可以控制。小王子不可能強求他的玫瑰是宇宙唯一，因為事實上不可能。我們也不須如此。只要我們學會馴服，我們就無需向外求甚麼獨一無二，因為在你和她建立的關係中，你之於她，她之於你，都是別人無法取代的唯一。

這就是馴服的道理。經過這番領悟，小王子不僅沒有失去對玫瑰的愛，而且較之前更為清楚他為甚麼如此深愛玫瑰。

4

大家或會問，馴服為甚麼如此重要？

聖修伯里認為，如果我們從來沒有馴服過人，或者從來沒被人馴服過，我們的人生將難言美好，因為我們活在一種十分孤獨、疏離、無愛的狀態。人生有限，如果我們想活得好，就必須走出這種狀態。

這是為甚麼狐狸告訴小王子，如果你馴服了我，我的生命將充滿陽光。狐狸又說，牠從來不吃麥子，小王子出現之前，麥子對牠毫無意義。可是由於小王子馴服了牠，金黃色的麥田，對牠從此就有另一種意義，因為這會令牠想起小王子的頭髮。換言之，因為馴服，小王子改變了狐狸的生命。

這是否有點過於詩意？那讓我們談一點實證。哈佛大學有位教授叫瓦爾丁格（Robert Waldinger），早前做了一場TED演講，題目叫「甚麼使得生命美好」。* 瓦爾丁格是哈佛「成人發展計劃」第四任主管。這個計劃從1938年開始，找了724位年輕男子作為研究對象，一半是哈佛的學生，一半來自波士頓的低下階層。研究的主題，是想瞭解到底是甚麼因素，使得一些人活得幸福，另一些人活得痛苦。這個計劃每年都會與這些對象做訪談，瞭解他們的生活狀態。

這個長達七十多年的追蹤研究，最後得出甚麼結論？瓦爾丁格說，最後的結果相當簡單，就是讓人活得健康、長壽和幸福最重要的因素，不是金錢、名譽和社會地位，而是能否和所在乎的人，維持長久、良好的關係。一個人如果能夠和自己所愛的人和社區建立良好關係，就會更容易身心愉快，也更健康長壽，因此感覺幸福。

這個研究在1938年開始，《小王子》那時還未出版。而它用了那麼多年做出來的研究結果，竟然印證了「馴服」的道理。也就是說，你要活得好，很重要的一個條件，就要用心馴服你在乎的人。

許多人以為，馴服談的就是愛，而且是愛情中的愛。我認為不是這樣。例如在書中，小王子和飛機師的關係，便不是愛情關係，而是友誼，但聖修伯里會說飛機師被小王子馴服了，或者他們彼此馴服了。

我甚至認為，馴服也可以用來形容我跟我所投身的事業

* 視頻：https://www.ted.com/talks/robert_waldinger_what_makes_a_good_life_lessons_from_the_longest_study_on_happiness。

的關係。例如一個人將整個生命投入到某種他認為值得追求的事業，雖然關聯的對象不是人，其實也是在建立關聯。同樣道理，我們也可以有「自我馴服」的概念。我們不僅可以馴服他人，還可以馴服自己：我既是主體，同時也是客體。我們平常會說，人要學會好好愛自己，意思也就是要好好地瞭解自己和照顧自己，並且跟自己建立一種親密的關係。

5

既然馴服如此重要，那麼需要甚麼條件，我們才能跟在乎的人好好建立馴服關係？聖修伯里在書中一開始，就說現代人大部份都已忘了馴服的道理。不過如果我們希望活得好，而馴服又是活得好的必要條件，那麼我們就必須問：我們怎樣才能夠在生活中建立馴服的關係？

我認為，最少有四個條件值得重視。

第一，我們需要自由。這個非常重要，卻經常為人忽略，因為大部份人際關係的建立，必須基於人的自由選擇。如果你的父母和你說，你必須愛某某人，否則將你鎖在家裏，我想你一定會說，這不是馴服，而是專制。

馴服必須基於自願，因為那是我們有意識地選擇與生命中在乎的人聯結起來的過程，而選擇的前提是自由。沒有自由，我們就無法由衷地去愛自己想愛的人，也就難有馴服可言。在此意義上，沒有自由的社會，最大的傷害，是令我們難以與他人聯繫起來。

我在這裏可分享一點個人體會。我近年一直在思考一個問題，就是「自由為何如此重要」。這個問題許多哲學家都有精彩論述，包括穆勒的《論自由》、伯林的《自由四論》，還有羅爾斯的《正義論》等。* 但我發覺這些哲學家的理論，都很難充份解釋我這幾年經歷的各種不自由帶來的傷害。

讓我舉個例子。我用了微博多年，一直很珍惜這個和中國網友交流的平台。但大家也知道，微博有「小秘書」，24 小時監察我們的言論，往往會在極短時間內，屏蔽那些他們認為違規的貼子。如果嚴重一點，則會把當事人關「小黑屋」，將你和外面的世界完全隔離。更嚴重的，就是徹底銷號。不用多說，這是對言論自由的粗暴限制。

有段時間，我發覺我被關小黑屋了。我不能評論，不能轉發，更不能發任何帖子。我唯一可做的，就是看着別人在微博如常討論，而所有人都不知道我已失去自由。在完全沒有知會及合理解釋下，我的言論自由被硬生生剝奪了。

那失去自由的兩星期，我很痛苦，每天都在問，到底甚麼時候我可以恢復自由。為甚麼我會那麼痛苦？我沒料到自己的感受會如此強烈——畢竟我也見過許多朋友被關小黑屋和銷號，對此並不陌生。

後來我才慢慢明白，我的痛苦，主要是由於我和我生活的世界，被外力硬生生割斷了。微博是我生活的重要部份，那裏有許多我認識或不認識的朋友，每天我在那裏分享我的生活和思想，同時也在閱讀和聆聽別人的看法。我們在過一種真實而非虛擬的社群生活。當我被關小黑屋，便等於被驅逐出這個世界，成了局外人。

---

* J. S. Mill, *On Liberty and Other Writings* (Cambridge: Carmbridge University Press, 1989); Isaiah Berlin, *Four Essays on Liberty* (Oxford: Oxford University Press, 1969); John Rawls, *A Theory of Justice* (Cambridge, Mass.: Harvard University Press, 1999, revised edition).

我從那時開始明白，自由之所以重要，最重要的原因，是它能夠讓我和這個世界聯繫起來，讓我活得完整。

形象一點說，自由就好像一道一道的門，如果某道門打開了，我就可以不受限制地跨出去，跟其他人建立聯繫。如果我有信仰的自由，我就可以不受約束地選擇自己的信仰，並和其他有相同信仰的人走在一起過一種宗教生活；如果我有參與政治的自由，我就可以和其他公民一起進行各種政治實踐；如果我有思想言論的自由，我就可以沒有恐懼地在公共平台和別人交流觀點，切磋學術。

如果我們不能享有這些自由，也就意味着一些很重要的活動不復存在於我們的生活世界。思想、信仰、政治，絕非可有可無，而是構成我們美好生活不可或缺的元素。由此回到剛才我所講，要建立全面而良好的馴服關係，我們需要廣泛的社會自由(social liberties)*。只有有了這些自由，我才能自主地決定，在我們的社會生活中，跟誰建立關係，建立怎樣的關係，以及在甚麼時候終止這些關係。

這是我要講的第一點，雖然作者在書中沒有特別強調，但因為人活在社會之中，任何個人關係的建立，都必須在某種社會制度中進行。如果這個制度很不自由，我們就很難在社會生活建立起馴服關係。在這裏，我所講的信仰自由、思想自由、婚姻自由、政治自由等，都不是可有可無，也不是任何集體目標的工具，而是我們每個人活得幸福的重要前提。

同樣道理，季風書園很快要被迫關門。這件事意味着甚

---

* 我這裏特別強調「社會自由」，因為這些自由的實踐，以及這些自由的價值，是在社會交往中體現。我們平時習慣稱這些自由為「個人自由」(individual freedom)，往往忽略了我在這裏強調的社會面向。

麼？它意味着像我們當下這樣一種人與人之間的知性聯繫，將從此消失。我們在上海這個城市，就不會再有機會，在這樣的公共空間，自由閱讀和自由交流。對讀書人來說，失去這些機會，也就等於失去賴以支持和肯定其生命的根本之物。所以，季風的消失，其實是關閉了一道通向知識追求和生命交流的門。在最根本的意義上，這是對個體生命的傷害。

6

現在我們來談馴服的第二個條件。直接點說，就是你要建立一段馴服關係，就必須要先成為能夠馴服他人的人，以及能夠被人馴服的人。這裏強調的，是你須要具有某種能力和處於某種狀態，才能進入一種關係。

讓我舉個例子。如果你渴望投入一段愛情，前提是你必須是個能夠去愛的人。愛，不僅是一種選擇，不僅是一種意志，更是你先要成為一個懂得愛和能夠去愛的人，才能好好去愛，才能走進愛的關係裏面。

當我們愛時，裏面不僅有快樂和擁有，還有許多別的東西，例如彼此的信任，彼此的扶持和尊重，還有付出和犧牲。所以，當我們投入一段愛的關係，我們要先擁有愛的能力，處於愛的狀態，使自己成為能信任別人，也值得別人信任的人。

在愛的關係裏，我們不能只講求利益，也不能視對方為自己的工具。如果你說我之所以愛你，是因為你家裏有錢和有房子，我們會說這不是真正的愛。一如如果我說我願意跟你做朋友，純粹是因為你對我有某些好處，那麼這不是真正的友誼。我們要投入一段馴服關係，就要先讓自己具有馴服的能力；而要擁有這些能力，需要學習，需要具有某些德性和情感，更需要有那樣一種社會環境，讓我們成為能愛的人。

為甚麼呢？大家試想一下，如果你活在一個社會環境，人與人的關係大部份是功利性和競爭性的，比如在競爭性市場裏面，關係只建立在利益之上，社會交往唯一的考慮，是對方能否為自己帶來好處，那麼人的心態就很容易變得功利。當我們長期生活在這樣的環境，甚至教育也反覆將我們訓練成為這樣的人，我們就會慢慢失去愛人的能力，也就是失去馴服的能力。

小王子在書中經常說，大人已經忘記了這些道理，不懂得如何去馴服，為甚麼呢？因為大人已經失去童心。大家還記得嗎？書的一開始，說的就是飛機師小時候畫了一幅大蟒蛇吞食大象的圖，所有大人卻都說這是一頂帽子，令小男孩很沮喪，因為沒有大人懂他。飛機師在沙漠遇到小王子時，小王子一眼就看出這幅畫的原意，令飛機師立刻覺得小王子是他的知音。

這個故事的寓意相當清楚，就是說，如果人沒有一顆童心，就很難看到世界的真相。童心，就是能夠溫柔地、真誠地去愛人的心。

可是我們已是大人，怎麼可能還有童心？大人當然不可能重回童年，小王子離開B612之後經過萬水千山，也是童年不再。所以，大人的童心，不是要我們回到一種天真無知的狀態，而是說經過一番生命的歷練後，我們回過頭來，見到赤子之心的可貴，然後去好好守護它。這當然很不容易，因為所謂的「成長」，往往就是要我們一步一步變得世故，放棄小時候的夢想和理想，變成功利計算的人。

簡單總結一下，馴服的第二個條件，就是要創造條件，讓自己成為能夠愛人和能夠用同理心去感受別人的人，同時也能真誠地敞開自己，讓別人的愛能夠進入自己的生命。只有這樣，我們才能夠走進一種好的馴服關係。

7

馴服的第三個條件，是必須體現一種「相互性」(mutuality)。「馴服」這個詞，在中文語境，很易引起誤會，以為是一種不對等的權力關係。這是很大的誤會。在《小王子》中，馴服是一種雙向關係，需要彼此的互相理解、互相關懷和互相尊重，更重要是願意為對方付出。狐狸曾對小王子說，你花在你的玫瑰身上的時間，讓你的玫瑰變得重要，說的就是這個意思。

所以，無論是小王子和玫瑰，狐狸和小王子，又或小王子和飛機師，他們的關係都體現一種相互性。相互性不是說我們完全一樣或絕對平等，而是說我們意識到，在與別人建立關係時，你能見到對方是獨立的個體，有他獨立的人格，因此值得尊重。嚴格來說，馴服是兩人的彼此需要，卻不是合二為一，或一方必須聽命和歸屬於另一方。

馴服的第四個條件，是我們要意識到，我們一出生，就已活在社會之中，因此是社會性動物。我們的自我理解和自我認同，我們從事的活動的價值和意義，都離不開所屬社會提供的意義脈絡。同樣地，當我們建立某種關係時，如果要有正常發展，必須得到社會的合理承認。

舉個例子，在一個極度「恐同」的社會，同性戀者的生存將十分艱難。他們會被視為異類，面對各種歧視性標籤，在家庭、學校、工作場所，以至社會生活，都須承受形形色色的壓力。在這種環境下，你的性傾向無法得到社會認可，即使你很渴望去馴服你所愛的人，也會感到極度艱難。我們因此明白，在我們的社會，許多同性戀者被迫要假結婚，因為他們承受不了這樣的壓力。

我最近看了一部叫做《沉默》(*Silence*)的電影，改編自遠藤周作的同名小說，導演是馬田史高西斯。電影說的是17世紀天主教進入日本時，遭到幕府殘酷迫害的故事。電影中有一幕，幕府的人強迫教徒用腳踐踏基督的像，以此證明他們背棄上帝。如果不這樣做，他們就會被殺。我想說的是，在一個沒有信仰自由的社會，人們想要跟上帝建立馴服關係，也幾乎是不可能的事。

我用上述例子想說明的是，即使看似很個人化的馴服關係，其實都預設了特定的社會制度。只有在制度容許，甚至鼓勵下，某種關係才能得以生存。因此，合理的、公正的社會政治制度，對馴服關係的建立便十分重要。

我們因此可見到，馴服的，也就是政治的。小王子看似活在一個沒有政治的世界，其實是個美麗的誤會。

8

以上是我對《小王子》的一點閱讀心得。時間所限，談得不夠深入。我在開始時說過，許多人以為《小王子》只是一本給小孩子讀的作品，因此成長後就不會重讀。其實，它是寫給大人讀的書。裏面的道理，值得我們反覆咀嚼。

今天能夠回到季風書園演講，對我有特別意義。這是我近幾年來，第一次在大陸做公開講座。不過，我也有許多的不捨，因為很可能也是在這裏的最後一次。我在這裏，要再次向嚴博非先生及季風所有朋友致以最高的謝意和敬意。你們這些年一直在努力堅持，為讀者帶來許多知識和希望，這是了不起的事業。

我無法想像，一個不重視書、不重視觀念、不重視思想的國家，社會怎麼可能會進步。一葉知秋，今天的中國，也許又已進入一個愚昧瘋狂的時期。認真的閱讀，嚴肅的思考，在這樣的時代是重要的抗爭。因為一開始閱讀，一開始思想，人就是自由人。

季風快要關門了，但只要自由之思想和獨立之精神還在，燈，就會一直傳下去。我們要有這樣的信心，也必須有這樣的信心。

13 自由誠可貴
——我的微博炸號紀事[*]

1

微博是中國為數不多容許網民發表和轉發文章、圖片和視頻，以及自由評論的公共社交平台，目前每月活躍用戶逾四億。如果你有一定的知名度和影響力，你的微博甚至是個自媒體，能夠設定議題和影響輿論，甚至引發公共行動。微博誕生不久，「關注就是力量，圍觀改變中國」成為許多人的希望所在。[†]

十年過去，這個良好願望遭受巨大挫折，因為中國政府意識到，自由開放的網路空間會威脅它的威權統治。於是，政府運用權力和科技，對微博進行言論審查，各種監控方式應運而生，屏蔽、刪帖、禁言和炸號成為常態。[‡] 許多有影響力的公共知識分子被驅逐出微博，無數賬號在毫無預警下灰飛煙滅。[§]

---

* 謹將此文獻給所有被炸的微博靈魂。您們曾經如此自由燦爛，並照亮無數人的生命。

† 這是笑蜀在2010年1月發表在《南方周末》一篇文章的標題。笑蜀在文中認為「一個公共輿論場早已經在中國着陸，匯聚着巨量的民間意見，整合着巨量的民間智力資源，實際上是一個可以讓億萬人同時圍觀，讓億萬人同時參與，讓億萬人默默做出判斷和選擇的空間，即一個可以讓良知默默地、和平地、漸進地起作用的空間。每次鼠標點擊都是一個響亮的鼓點，這鼓點正從四面八方傳來，匯成我們時代最壯觀的交響。」

‡ 中國負責監管微博及其他社交媒體的最高權力機關是國家互聯網信息辦公室(簡稱網信辦)。

§ 以我所知及網友提供，近年較多人認識的被炸賬號包括：李志、郭于華、章詒和、蕭瀚、李靜睿、王志安、作家崔成浩、西閃、作業本、李承鵬、微博，在繁榮熱鬧表象下，成了網絡殺戮場。殺掉的，不僅是一個賬號，更是一個又一個活生生的人公開表達想法的機會，以及一片又一片用心經營的精神園地。殺人者，從不表露真身，也從不向人交代；被殺者，一如枉死冤魂，不曾得到半分尊嚴和公正對待，然後無聲消失，遭人遺忘。微博，曾經許諾給大家一片自由新天地，結果卻成了肆意鉗制言論及思想的屠宰場。今天的微博，面目全非，娛樂消費聲色犬馬充斥，思想凋零，批判闕如，刪帖通知滿屏。

我2011年5月13日加入微博，2018年6月11 日賬號「周保松」被炸。2018年10月12日重開賬號「保松周」，2019年4月27日被炸。2019年4月28日再開「松保周」，迄今仍然生存。為安全計，再開一個備用小號「周松保」。

從「周保松」到「保松周」再到「松保周」，我在微博「死去活來」整整八年，經歷各種言論審查也歷經各種自由抗爭，見證中國最大的網路言論平台的變遷。第二次被炸號後，我決定坐下來寫這篇文章，談談我的經歷。

我希望用我的文字，為歷史留個見證。思想言論自由，是文明社會的底線，也是社會改革的基礎。我的故事也許微不足道，但一葉知秋，每個個體遭受的言論監控和思想審查，往往能在細微處彰顯體制的大不義。不正視這些不義，社會就難言進步。

陳光誠、郭玉閃、浦志強、斯偉江、章立凡、張雪忠、蒂蘅、李英強、夏霖、袁裕來、黃耀明、黃偉文、何韻詩、麥燒同學、張贊波、爪姐、眉毛、竹頂針、朱利安大王、李南心、老編輯、羅開、女權之聲、女權史上的今天、曾金燕、文三娃、炸號bot、懶方閒、老劉在德克薩斯、岳昕、梁惠王、麻姐、北京廚子、Ming-the-Great-大明、Glaucous、whitelip、Sakuraway、Dustette 、北歐、小能、只配抬槓、下崗女工、吳維在歧路、羅玉鳳等。這只是無數被炸賬號的極小部份，我謹立此存照。

更重要的是，我希望為無數相識及不相識的微博亡友發出那怕是極為微弱的一聲呼喊。他們都已灰飛煙滅。他們消失前，沒機會和好友道一聲別；消失後，更沒機會和他人訴說炸號之痛。而被炸號的人實在太多，大家早已習以為常，以至於麻木。

可是我們要知道，每個用戶都是獨立的個體，都是真實鮮活的生命，都有屬於他或她的思想、情感和生活。他們都是自由勇敢的靈魂，並有無可取代的尊嚴。每個消失的賬號，都有被見到和被聽到的權利。

2

我的第一個賬號在去年6月11日被炸。那天其實是網友先發現，再在我的微博告訴我，然後我才醒覺我已在微博世界消失。既然我已不存在，他們又怎麼可能通知我？這有點怪異，不過確實如此，且容我慢慢道來。

還記得當天中午醒來，我如常打開手機，見到微博有數不清的人在@我，在一片難過悲憤中說「周老師的號被炸了」。我頗詫異，心裏想，我明明還在，還見到你們留言，你們到底在說甚麼？於是我想回覆大家，卻立刻發覺我不能回覆，不能點讚，不能評論，也不能發佈新帖。一言以蔽之，所有微博功能都不能再用。

我嘗試搜索「周保松」，卻發覺已經找不到這個賬號。我接着登出賬號，並在其他網友的帖子上點擊「周保松」，手機馬上跳出如下畫面：周保松，關注：0；粉絲：0；頭像是個空白的人像輪廓，屏幕中間寫着：「用戶不存在」(20003)。

原來這就是炸號。

炸號，就是令你在微博世界消失。別人從此見不到你也找不到你，而你之前辛苦建立的一切，包括文字、相片以及與網友的討論，也在網路世界徹底歸零。你雖然仍然能夠登入賬號，不過那已變成你一個人的世界，你無法再和任何人接觸，別人也不知道你的存在。*

你成了微博世界的幽靈。

這不是比喻，而是我當天的真實感受。†我甚至即時想到讀大學時看過的一部電影《人鬼情未了》(*Ghost*)。那部電影的男主角，被人殺死後鬼魂卻未消失，他可以見到所有人，別人卻見不到他，他拚命吶喊，別人卻無知無覺，最後他惟有借助一位黑人靈媒的身體，才能和摯愛接觸。

我被炸號那幾天，和電影主角的鬼魂一樣，看着許多網友在為我的消失而痛惜、哀悼、憤怒，我在旁邊默默守着，心裏極度難過，卻無從讓他們知道我就在身邊。昨天，我還和大家一起；今天，那個世界已不再屬於我。權力以最粗暴的方式將你殺死，事前沒給你一聲預警，事後沒給你一句交代，然後你便得像孤魂那樣看着別人在那個世界繼續如常，而你的如常卻從此不再。

我實實在在覺得，那個在微博生存了七年的我，死了。

為甚麼我會被炸？微博自始至終不曾給過半句解釋。‡我

---

* 有網友告知，他們試過被炸號後無法再登入賬號，所有紀錄全部消失。

† 有位被炸號的網友如此向我形容：「炸號後可以登陸，就像比干被挖心後軀體還活着。」

‡ 我被炸前最後一條微博，是關於寫作的，和政治敏感議題完全無關。而在被炸之前的5月31日，我發了以下帖子：「「不知不覺，又到六月。六月的哀傷，還有多少人記得？！」結果在二十分鐘後被屏蔽。去到6月2日，我

不知道自己違反了哪條法規，也不知道紅線在哪裏。我也沒有任何自辯和申訴的機會。被炸後，微博亦不容許我處理後事，例如將各種珍貴紀錄和重要資料下載保存。[*]更甚者，我身為年費訂戶，炸號後微博不曾和我交代過半句我的年費會如何處理。我們連最基本的消費者權益都沒有。

據不少網友告知，他們的賬號之所以被炸，往往是因為轉發了別人的微博，可是他們根本無法事先知道這些內容是違規的。他們無意去踩甚麼紅線，卻在完全無辜的情況下被取消賬號。他們有的試過打電話去微博客服投訴，並要求給出炸號理由，卻完全不得要領。

知道被炸後，我託閭丘露薇、郭于華等朋友在微博轉發以下訊息：「我的微博今天在沒有任何知會下被銷號。七年用心耕耘的思想園地，一下子無聲消失。事出突然，無法和許多朋友道別，抱歉。有心的朋友，也可關注我的臉書。保重。再會。」[†]

這是我在微博的最後道別。我表現得相當冷靜，連不捨都只是淡淡的。那幾天，我也在電郵和臉書收到不少網友來信，都是慰問和鼓勵之語，我逐一回覆，甚至反過來安慰他們。我表面好像沒事，心情卻糟透了。我對於炸號一事不是完全沒有預期，但真的來到眼前，還是不易面對。

更糟糕的，是我無論心情多壞，卻是無處可訴，也無人

被禁言一星期(微博用語「關小黑屋」)。6月9日釋放出來後，我轉發「微思客」和我做的一個訪談《做一隻有尊嚴的蛋》，然後在6月11日被炸。

* 被炸之後，雖然主頁還在，但所有「評論」、「轉發」及自己發的長微博卻已全部消失，無法閱讀。

† 這條訊息最後也在朋友的微博中遭到屏蔽。

可訴。在香港，大部份人用臉書而不是微博，他們對後者毫無興趣，也不知道炸號是甚麼回事。至於微博網友，由於我已不能發言，所以就算想溝通也無法溝通。而且炸號實在太普遍。偶然死一個人，也許是新聞；但事實是天天有人消失，大家也就見怪不怪。更何況即使有網友同情你，他們對此也無能為力。

在這種處境下，我經歷了一種此前不曾有過的痛苦。你受到不義對待，你切實感受到這種不義對你帶來極大傷害，但你只能獨自承受，因為即便是你身邊最信任的朋友，也難以進入你的處境並理解你的痛苦。更甚的是，你甚至開始懷疑自己真實感受到的痛苦是否配得他人的理解和同情。*

我遂只能沉默。我在沉默中，一個人慢慢咀嚼，炸號對我的生命，到底意味着甚麼。

3

一開始，我很不習慣。

最初兩星期，我總是難以自控地隔一會兒便上微博刷刷，沒甚麼特別目的，就是想看看其他人在討論甚麼，也搜索一下有沒有人在談論我的消失。賬號被毀，那份失落，原來遠大於我的想像。和之前被禁言一兩個星期不同，我這次成了徹底的局外人。

有朋友或會問，你幹嗎不去註冊一個新號？這不就可以

---

* 我第三次開新號後，發了一則微博，詢問大家對自己及一些他們喜歡的賬號被炸的感受，結果收到大量回應。我發覺，許多網友和我都有類似的炸號創傷後遺症，只是由於大家沒有機會分享，所有痛楚遂只能放在心裏。在收到555條評論和342條轉發後，這條微博最終也遭屏蔽。

馬上重新開始嗎？我確實有想過，事實上我認識的一些朋友也是這樣做。例如清華大學的郭于華教授和中國政法大學的蕭瀚先生，就是不斷被炸又不斷重開，在微博上被稱為「轉世黨」。蕭瀚迄今已轉世三百多次，堪稱一項紀錄。

我雖然知道可以這麼做，卻沒此念頭。其中一個原因，是我覺得如果重開新號，便等於向權力妥協，甚至間接承認微博有任意炸號的權利。而開了新號，為了避免再次被炸，我難免會較之前更小心翼翼，做足自我審查，但我並不願意走到這步。

另一個原因，是我覺得如果這麼做，便背叛了原來的微博身份。為甚麼呢？因為這意味着我要放棄原來那個「我」，而那個「我」並不僅是一個賬號，而是真實承載了我七年的生命記憶。我寧願從此離開也不開新號，不是為了向別人交代，而是在守護一個雖已消失卻不能被取代的身份。那是一種對自我的忠誠。

這種情結，外人看來可能覺得可笑，卻是我當時的真實感受。即使到現在，我對自己被炸的兩個賬號，仍然有着難以割捨的歸屬感。是故我曾一度心存僥倖，盼望一段時間過後，被炸的賬號能夠重生。我曾寫了好幾次信給微博客服，要求重新激活賬號，可惜從來得不到理會。我於是找認識微博管理層的北京朋友代為查問，得到的回覆是：永久銷號。

一年過去，經歷兩次炸號後，我終於較為清楚地認識到，微博這種任意炸號的粗暴，對個體確實帶來難以估量的傷害。這種傷害，是極大的不義，也是極大的惡。如果我們不嘗試理解這種傷害的性質，甚至由於長期活在這種不自由狀態而意識不到這些惡，並容忍、默許微博上的奧斯維辛，這不僅對不起那無數被消失的人，也難以在這樣晦暗的時代培養出批判的意識和反抗的勇氣。*

我花氣力寫這篇文章，是希望通過我的經歷和反思，呈現制度暴力對言論自由的壓制，給個體帶來何等傷害。這種書寫重要且必要。愈多這樣的書寫，愈能幫助我們認識網絡時代的極權統治是怎麼回事。†

4

炸號最直接的後果，就是被迫斷聯(disconnect)。斷聯，就是你和你熟悉的世界斷去聯繫。斷去聯繫的，可以是你至為在乎的人，至為在乎的過去，至為在乎的家園，甚至至為在乎的自我。

炸號之傷，在於未有得到個體同意下，強行將人從最珍視的生命聯繫中割裂出去。‡那些聯繫，絕非可有可無，而是生命中的重要之物，構成人的自我，影響人的行動，並為人的生活提供意義和方向。這些聯繫對人愈重要，一旦失去

---

* 「微博上的奧斯維辛」這種說法，來自作家李靜睿在她的微博的一段話：「每天睡前都看看這個微博，感覺遲早所有人都會在這座公墓裏擁有一塊墓碑（我已經有好幾塊了，蕭老師三百多塊）。開始他們也只是零零星星地殺人，但最終有了奧斯維辛。」她這裏提及的「微博」，是一個叫「炸號Bot」的賬號，專門收集被炸賬號的資料，是故自述為「互聯網公墓」。這個賬號在2019年4月28日也被炸了。「蕭老師」指的是蕭瀚先生。

† 微博炸號只是網路思想控制的一例，同樣情況也發生在微信、知乎、豆瓣這些網路平台。刪帖和炸號不僅針對個人，同樣針對各種媒體、社團、NGO和商業公司。在網路時代運用各種高科技對思想言論進行如此高密度和全方位的監控，也許全球只有中國如此。

‡ 「得到同意」在這裏十分重要，因為在某些情況下，個體也會主動斷絕一些聯繫。也許這樣做同樣痛苦，但性質卻不同，因為這是出於你的選擇，你的自主性不會因此受到損害。

時人就愈失落，甚至覺得構成生命最根本的某些部份，從此不返。炸號這種暴力行為，實際上是對人的生命完整性的攻擊。*我因此殘缺不全，不再是原來的我。

這裏有必要簡略說明「生命聯繫」(life connections)這個概念。

人活在世界之中，須通過活動來實現自己，並賦予生命意義。這個過程，我們可理解為人作為理性自主的主體，通過有意識的選擇，與世界建立各種聯繫。例如你相信某種宗教，並投入到該宗教的活動，你因而成為教徒；你相信某種政治信念，並加入倡議這種信念的政治團體，你因而成為政治人；又例如你相信某種倫理生活(如動物保護、素食、性別平等)，並投入到實踐這種生活的事業，你因而成為動保分子、素食主義者或女權主義者。

人生於世，不是本能的存在，而是通過各種有意義的活動，聯繫起自身與世界，並賦予自身一個或多個自我認可的社會身份(social identities)。這些社會身份，在最根本的意義上，影響我們的存在方式，例如我們怎樣行事，怎樣做人，以及怎樣看世界。

這裏有幾點須留意。

一，這些聯繫的建立，是得到個體反思認可並自行選擇的，而不是被他人灌輸和強加的。真正的價值認同，必須得到主體的內心認可。

---

* 英文可稱之為 “an attack on your integrity”。我對這個問題的看法，頗受當代道德哲學家威廉斯的啟發。Bernard Williams, “A Critique of Utilitarianism” in J. J. C. Smart and Bernard Williams, *Utilitarianism: For & Against* (Cambridge: Cambridge University Press, 1973), pp.108–118。

二，這些活動的意義和價值，並非主觀任意，而往往是在某個文化脈絡之下得到廣泛認可和肯定，或至少是個體能提出合理理由支持的。

三，這些聯繫不是單一的，而是多元的。我們的世界客觀存在各種有意義的活動，每個主體可以基於自己的理性價值判斷而投入這些活動，並形成不同的社會身份。這些身份可能由於各種原因而發生衝突(例如宗教認同、政治認同和倫理認同之間的不一致)，從而令主體出現認同危機。如何面對這些危機，是個大問題。但在大部份情況下，主體總是努力尋求各種認同之間能夠彼此協調和互相支持，從而活出相對完整的人生。*

讀者或會問，這些討論和微博有何關係？微博是個公共平台。如果人們在這個平台建立各種重要的生命聯繫，例如結識志同道合的朋友，追求自己認同的價值，甚至通過微博來實現一種自己喜歡的生活方式，那麼微博就是人們安身立命的家園。

炸號，是以最羞辱人的尊嚴的方式，將一個人在微博的歷史、記憶以及用心建立的各種聯繫，徹底摧毀。正是在這種脈絡下，我們才能恰如其份地理解，為甚麼炸號會令用戶如此痛苦失落。如果微博只是可有可無的虛擬之物，我們便很難理解以下網友的分享：

---

* 我明白這點是有爭議的。例如有人可能認為，生活在現代多元社會，不同認同之間的衝突是必然且無從化解的；也有人可能認為，身份認同之間的衝突並不必然就是壞事，反而可能令主體活得更有創造性或更加豐富。我對這些觀點都有保留，但在此不多作討論。

「當時用微博完全是真實生活的延伸。被封號的瞬間，有一種被殺的感覺，血淋淋的。因為聯繫方式和過往記錄全部被抹掉了，『自己』不再存在了。」

「那一刻我有些恍惚，我從網絡上認識了的那麼多人一瞬間就失聯了。幾個小時前我還是一個有血有肉的人，頃刻間我就化作一串消失在互聯網中的透明代碼。」

「那個賬號有我近千條生活記錄，它們從2010年延續至今，陪伴我從自我懷疑到自我認同，到第一次暗戀第一次戀愛第一次失戀，再一次暗戀再一次戀愛再一次失戀。它記錄着我生命走進的一個個可貴的朋友，以及無數我於某個晝夜的特別情緒。所有微博無關政治。可如今那一切都被清空。這八年，我仿似不曾存在過。」

「之前仔細經營的微博號，特別認真記錄着生活中的點滴，因為敏感話題炸號了，那些記錄再也看不到了，就好像我活過的痕跡被抹得一乾二淨。」

「關注的人一次次的炸號，讓人有一種感覺，就像是坐在一艘漏水的船上，裂縫愈來愈多，我們也試圖堵住那些裂縫，可還是悲觀的想，這艘船早晚會沉。一邊絕望的認為看不到光，一邊又倔強的不肯認輸。」

「我很喜歡閻丘老師，因為她的書影響了整個中學時代，她微博很多文字讓我更客觀看待生活不同的問題，包括不平等！可是她也被禁言，700萬粉絲的微博，說沒就沒了，好憤怒又無助。」

「當然最喜歡又最可惜自己的賬號。多年青春一夜之間登陸不上，查無此人了。」

「我這種小透明都炸過幾次，都是某些敏感時期評論或轉發了某些微博，然後我變得愈來愈沉默。」*

從這些分享可見，炸號對許多微博人，哪怕是一般用戶，都帶來實質的傷害，而且情況相當普遍。愈投入微博，擁有愈多記憶和建立愈多聯繫的人，傷害愈深。所謂傷害，不僅在心理和精神層面，也在文化和道德層面。例如炸號之後，他們便不能通過建立了的各種聯繫去吸收文化和道德養份，也難以通過與網友的平等對話，實踐一種公共生活。

如果有人願意做個實證研究，找這些被炸號者做深入訪談，讓他們慢慢講述炸號的經歷，我們很可能會發覺，炸號帶給個體的傷害，會較大家想像的還要嚴重得多。

為甚麼會這樣？就我觀察，一個重要原因，是整個社會對炸號和言論控制早已習以為常，甚至不當一回事，使得受害者必須在別人面前有意識地淡化和壓抑自己的感受，免得別人以為他們過度反應。† 更甚者，是當事人自己也可能缺乏適當的語言，向他人講述自己承受的是怎樣的傷害。這有點像在一個性騷擾極為普遍但卻得不到合理正視和認知的社

---

* 以上留言引用自Matters和我的微博的網友留言。

† 我曾就此問題在Matters發起過一場討論，曾金燕（卡密）對此有精警回應：「是的，恰恰是這一點，大家把不平常過成了平常。時間長了，連打個比方都要文雅一點免得傷害視其為平常的人的感受。這個比方是說，正常世界裏的人說，大腿被砍傷了還是要包紮一下，另外要去追責砍人者免得天天在舊傷口上砍，或者要遠離砍人的場所和砍人者。已經覺得是平常的人會說，反正明天繼續被砍要流血，就不包紮了，乾脆敞開傷口過下去，更何況，我身邊的人都是這樣過的。」見「微博、炸號與言論自由」：https://matters.news/@pochungchow/%E5%BE%AE%E5%8D%9A-%E7%82%B8%E8%99%9F%E8%88%87%E8%A8%80%E8%AB%96%E8%87%AA%E7%94%B1-zdpuAmZodg2HxJYaJX9B9sLbcEBin4tmdeZzDgtL7gM6117eR .

會，被騷擾者往往有苦不敢言也不能言。不能言，因為整個社會文化還未有對性騷擾之惡形成基本共識。

這給我們一個啟示：個體如果希望公開清楚地表達不義的權力體制對他們的傷害，不僅本人需要相當的道德勇氣和道德知識，社會也須對這些不義有相當的道德自覺和道德共識，否則個體便很易承受雙重傷害：第一重是體制的暴力，第二重是集體的冷漠和無知。*

正因為此，如何回到個體真實的存有狀態，並在某種規範性框架(normative framework)下，公開呈現和敘述極權體制如何以不同手段置個體於痛苦屈辱之中，便極為重要。† 這個過程既是還個體以正義，也是改善我們的公共文化，並累積社會抗爭資源。

5

讓我談談我的經歷和感受。

我的賬號去年被炸後，我極少重訪。因為不忍回看，我甚至沒有為歷史留個紀錄的念頭。為了寫這篇文章，我重新登入這個用了七年的賬號「周保松」。我發覺，從2011年5月

---

* 我這方面的體驗，頗為接近Miranda Fricker在她的著作討論的兩種「認知上的不正義」(epistemic injustice)中的第二類，即她所稱的「詮釋上的不正義」(hermeneutical injustice)。這種不正義的出現，是由於社會文化缺乏合適的規範性概念，去詮釋和理解遭受不公正對待的個體的第一身經驗。*Epistemic Injustice: Power and the Ethics of Knowing* (Oxford: Oxford University Press, 2007), pp.147–175.

† 規範性框架，無論對當事人還是對其他人，都是必要的，因為根本沒有所謂中性(neutral)語言去完整地理解和把握人的壓迫經驗。例如如果我們沒有「自由」、「權利」、「尊嚴」、「屈辱」和「不義」這些道德概念，以及由這些概念建構起來的框架，我們便很難理解炸號對人的傷害。

13日到2018年6 月11日，我合共發了6881條微博，平均每天兩條多，還有近3000張配圖。

好幾個不眠夜，我一個人靜靜從頭回看我的微博史，一條接着一條。那裏面，有我和我剛出生不久的女兒共同走過的日子，有她的照片、她的説話、她的畫作，還有我初為人父的興奮和喜悦；有我和學生在校園青草地上課的美好留影，有我寫給學生的信，還有我的教學筆記；有我參與各種公開講座和主持文化沙龍的海報和視頻；有我的旅行札記和生活隨筆；有我參與香港社會運動的實時報導；有我推介的書籍、音樂、電影和美食；最重要的，是有我許多政治哲學的文章，以及那早已消失但仍教我回味不已的與網友的思想辯論。* 這些嚴肅認真的哲學討論，是我的微博基調，也吸引了許多喜歡學術的網友。

故園荒蕪。

事隔一年回望，我終於比較清楚地見到，我的微博，不僅是我的生活日記，更是我的生活本身。微博八年，改變了我的思想和寫作，也改變了我的人生軌跡。身為一個政治哲學研究者，如果沒有微博公共討論的經驗，也許我大部份時間，就是留在學院生產學術論文。每天在微博和不同地域、年齡、階層及知識背景網友的交流，卻大大改變了我對在這樣的時代，政治哲學應寫甚麼、為誰寫、如何寫，以及知識分子的責任的看法。

今天的我認為，政治哲學的重要任務，是直面中國現狀，包括它的不自由、不民主、不公正，以及這一切背後的

* 炸號之後，所有的「評論」和「轉發」都已在我的微博賬號消失。

權力體制，並推動社會轉型，使得中國早日完成政治現代化。政治哲學不應只是學院的概念遊戲，也不應自限於西方學術界設定的理論框架和問題意識，更不應以服務和取悅當權者為己任。真正有生命力和批判性的學術工作，是善用清晰嚴謹的語言，回應所屬社會重要的政治道德議題，並在公共領域與所有人展開理性討論，藉此提升公共文化，累積道德資源，培育積極參與社會事務的公民，以期良性、和平及進步的社會轉型能夠出現。*

換言之，在我們的時代，政治哲學可以且應該更深地介入社會。我這裏不是說，哲學人身為公民，應該有更多的公共參與，而是說政治哲學作為一門學問本身，可以有更強的公共角色，並在推動社會改革時起更大作用。政治哲學理應具有一種公共哲學的品性，就社會議題，在公共領域，以大家能夠理解和參與的語言，與公民一起對話、反思、批判和想像。

如果更多哲學人意識到這點並願意為之努力，我們或會見到，政治哲學將不再是一小群知識精英從事的特殊工作，而是具理性能力和道德能力的公民都能參與其中的共同事業。我們更可預期，當愈多公民感受到政治哲學思考的樂趣和力量，公共討論的質量便愈高，他們也將愈嚴格要求公權力行使須具有正當性。

---

* 我對政治哲學的理解，頗受當代政治哲學家羅爾斯的啟發。John Rawls, *Lectures on the History of Political Philosophy*, edited by Samuel Freeman (Cambridge, Mass.: Harvard University Press, 2007), pp. 1–11; John Rawls, *Justice as Fairness: A Restatement*, edited by Erin Kelly (Cambridge, Mass.: Harvard University Press, 2001), pp.1–5.

當政治哲學成為公共哲學，它就不再只是大學某門學科，而是公民在公共討論中日用而不知的生活方式。就此而言，政治哲學在培育公共文化和公共生活上，殊為重要。而公共文化和公共生活的發展之於社會進步，尤為關鍵。

微博耕耘八年，教我有此體會。

我並不知道有多少學界同道認同這種觀點，也不曉得這些年的努力到底起到多大作用，但這確實成了我個人的學術志業。[*]我可以肯定，如果沒有這些年在微博的參與，沒有在和無數網友交流中見到政治哲學的力量，我不會有這種想法。是故當我的微博被炸，我是如此真實地覺得，我生命中很重要的部份，隨着我的歷史、我的朋友、我的園地一一消失，也將從此不再。那是筆墨難以形容的失落。

我失去的，不僅是一個賬號，更是一個身份和一種生活。[†]

6

炸號的本質，是剝奪個人自由。而所有網路審查的目的，都是在限制個體表達意見和傳播訊息的權利。生活在微

---

* 這裏須強調，我雖然有自己的立場，但我並不因此認為在「政治哲學應該怎麼做」這問題上，有唯一和最好的答案。相反，我接受有多種合理的進路(approach)。當然，這並不意味所有進路都同樣地好，或無法互相比較。我認為，不同進路背後，其實各自預設了某種更為基本的規範性觀點：政治哲學與世界的應然關係應當如何。這個問題又會牽涉到理論與實踐的關係，規範與事實的關係，我們對人性的基本理解，以及哲學人的社會角色等。這些問題重要且迫切，尤其在我們當下極其嚴峻的學術環境中，更難迴避。我在本文只是將自己的立場表達出來，深入討論只能留待別處。

† 由此也可知，如果歷史記憶是構成個體身份認同的必要條件，那麼對一個民族亦然。當權者有意識地扭曲和抹掉一個民族的歷史，同樣對歷史中無辜被犧牲的個體極不公義。沒有歷史的民族，固然可悲；依靠虛假歷史來建構集體認同的民族，則是可恥復可恨。

博，就是活在一種每時每刻都被監控和被干預的狀態。這是怎樣的狀態？這種狀態對具反思意識和自由意識的獨立個體，會帶來甚麼樣的傷害？討論炸號之傷，我們不能不談不自由之惡。

炸號是微博監控的極致，但在炸號之外，還有不同層次的言論審查。舉例說吧，如果你在微博發表某段話或某張圖片，你有機會遇到以下幾種情況。一，你的帖子只有你自己能看到，別人看不到，而你誤以為所有人能看到；二，別人能看到，又或只有互相關注的人能看到，但卻不能評論和轉發；三，你的帖子直接被刪掉，你和所有人都看不到；四，你的所有發帖必須先被審查，獲通過後才能出現在你的微博。五，你會被禁言，俗稱「關小黑屋」。禁言時間可以是一星期、一個月，甚至一年。禁言期間，你不能發帖，不能評論，也不能轉發。

以上待遇，我全部經歷過。

我們也要知道，從2018年3月起，微博已全面實施實名驗證。要使用微博，你必須留下你的身份證件號碼或行動電話號碼。換言之，如果官方因你的微博言論而想找你麻煩，完全沒有難度。此外，如果你的發帖如被認為有「網絡誹謗」之嫌而又被瀏覽5000次或轉發500次以上，便已觸犯刑法。

在這種大環境下，微博使用者如何才能避免觸礁？很簡單，自我約束和自我審查。最安全的，是只看不說。不轉發不評論，做個沉默的旁觀者。其次，只關心吃喝玩樂和明星八卦，絕對不碰敏感議題。再其次，碰上某些不義的重大公共事件，實在忍不住有話想說，也必須小心翼翼，避免使用任何敏感詞，而用隱蔽迂迴的方式表達。

我敢說，絕大部份使用微博的人，都活在這種自我審查的狀態，而這正是當權者想要的效果。微博有幾億用戶，無論科技多麼先進，官方也難全面監控。如果它能使得大部份人因恐懼而自動噤聲，並鼓勵大家縱情聲色娛樂，社會自然「和諧穩定」。

由於我每天同時使用臉書和微博，對此體會尤深。在臉書發帖，我從來不曾有過被審查的顧慮，事實上也從未經歷過。你會輕鬆自在，想說甚麼就說甚麼，並覺得你的臉書空間完全屬於你，完全不用擔心有人在監視和限制你的發言。*

微博是另一個世界。每次發帖，我幾乎都會問自己：這個帖子會否因為太敏感而被刪去？我會否因此而被禁言甚至被炸號？這種恐懼恆常存在，而我知道這絕非過度擔心，因為實在已有太多類似經驗。回看我的微博，滿目都是「因違反相關法律法規和《微博舉報投訴操作細則》」而被刪除的帖子。每年六月四日前後，一句「今天是幾號」或一張蠟燭照片，都會在數分鐘內被刪。

久而久之，我已大概知道甚麼樣的帖子，會被微博小秘書盯上，因此會盡量避開。必須老實承認，雖然身在香港而少了大陸朋友的許多恐懼，但為了生存得久一點，我也慢慢習慣了自我審查。不過，儘管小心翼翼，也總有你意想不到的時候。今年四月，我分享余英時先生一篇反思五四運動的學術文章，心想這種文章應該沒事吧，結果是連號也被炸了。

我是研究政治哲學的，熟悉各種自由理論，對於自由之好和奴役之惡，可以和學生隨便談上幾小時。但當我的言論

---

* 臉書當然也有它的內容審查機制，但尺度明顯寬鬆得多，不會審查用戶的政治觀點。

與思想自由一次又一次被權力粗暴踐踏時，我發覺讀過的諸多理論都不足以體察和解釋我的感受。

最真實、最直接的感受，是羞辱。

想像一下這樣的情景。當你在微博發言，你清楚知道，有個你永遠見不到的人在黑暗中時刻監視着你。他手裏拿着刀，只要你的言論過了界，刀便會砍下來。他永遠不會告訴你界線在哪，也不給你機會解釋。他的權力是絕對的，他的判決是最後的。他決定你甚麼時候可以說話，甚麼時候必須閉嘴。你必須服從。你和他之間沒有任何講道理的餘地。

這就是我們國家對待人民的方式。據《憲法》第35條，共和國公民享有言論自由的權利；據第38條，共和國公民的人格尊嚴不受侵犯。現實卻是，我們的言論自由日復一日遭到國家踐踏，我們的人格尊嚴每天都受到國家侮辱。

這是小事嗎？

這怎麼可能是小事。既然言論自由是公民的基本權利，國家就有最大責任去履行承諾。現在國家不僅不作為，還帶頭用最粗暴的方式剝奪公民的言論自由，請問這種國家的統治正當性何在？! 是的，身為個體，我們無權無勢。但這又如何？難道因為我們脆弱微小，國家就可以為所欲為？當然不可以。因為這等於國家背棄了它對人民的基本責任，也就等於放棄了正當統治的權利。施行暴力和擁有統治的權利，是兩回事。*

---

* 盧梭在《社會契約論》中嘗言，沒有任何人天生擁有統治他人的權威。統治的權力並不等同統治的權利。我們只有服從正當的權力（legitimate power）的義務。Rousseau, *The Social Contract and the Discourse*, trans. G. D. H. Cole (London: Everyman's Library, 1993), pp.184–185.

這是怎樣的人格羞辱？

就是國家不將她的公民當人來看待。道理並不難懂。人是甚麼？人會思想，會講道理明是非，會懂得為自己做選擇，並會對自己的生命負責。基於這些特質，人是自由自主的道德主體。人的尊嚴，建基於人是能思想的主體。思想需要自由。當人不能自由地、沒有恐懼地思想，生命就會扭曲變形，喪失健全獨立的人格。思想不自由，傷害的是社會上每一個人。

有人或會說，你太當自己是一回事了。只要你不這樣看自己，你就不會如此受苦。換個說法，既然我們改變不了權力，那就不如改變我們自己。

我必須承認，作為一種應世策略，這種說法不無道理。事實上，我們之所以對思想審查如此深惡痛絕，並在言論受限時如此倍感羞辱，確實是因為我們接受了一種對自我的特定理解。我們理解自己是自由人，並極為重視這個身份，所以才對不自由如此敏感。如果我們接受自己生來就該被人統治，接受人除了吃喝拉睡並無任何特別之處，那麼我們對於自身遭到奴役壓迫，也許就不會那麼在意。自由的價值，和主體的自由意識直接相關。

確實如此。在我們這個古老國度，如果大家都不當自己是主人，習慣於屈從認命，對自由沒有嚮往，也不願意奮力爭取，我們怎麼可能成為自由之國？

既然困局在此，那麼出路也在此：我們須轉化公民的主體意識。我們須在教育、在文化、在家庭、在網絡，以至在生活每個層面，逐步讓國人明白我們生而獨立、自由、平等，理應得到國家的公正對待。這不是施捨，這是我們身為公民的基本權利。*

這不是甚麼新鮮事。新文化運動以後，一代又一代的有識之士都在為此努力。只可惜百年過後，我們離自由社會仍然很遠。如果自由是人的尊嚴所在，我們便別無選擇。我這樣說，既不憤激也不沉痛，而是如實道出我們要做的工作。自由意識的開拓、累積和深化，不應只是幾個知識分子的工作，也不能指望一兩場社會運動，而是必須通過所有公民在日常生活一點一滴長期實踐，讓自由的理念走進我們的生命，使自由的價值沉澱成社會共識。

這個過程，漫長艱難，但只要更多人一起走，自然會有路。是的，不一定所有人都有機會見到路成的一天，但沒有每個人在路上踏過的足印，路從何來？！何況我們選擇在自由之路行走，自有奴役之路無從得見的各種好風景。

7

有人或會問，既然微博有那麼多限制，而且這些限制並非微博自身所能控制，那麼幹嗎不離開，改到牆外的推特和臉書繼續發聲？繼續留在微博，還有意義嗎？以我所知，不少朋友被炸號後，都已轉戰推特。我也經常鼓勵網友翻牆關注我的臉書，接收更多牆內看不到的資訊。儘管如此，我始終覺得，只要還有丁點的言論空間，微博仍然值得留守。

我有四點考慮。

一，大部份大陸網友不懂或不習慣翻牆，而且翻牆的難

* 對這個觀點更深入的討論，可參考拙著《政治的道德：從自由主義的觀點看》（香港：中文大學出版社，2015）。

度和風險愈來愈大；就算能翻出去，由於文化圈子和網絡環境不同，大陸網友也很難像在微博那樣積極參與討論。他們當中許多人會覺得，此地信美終非吾土，是故難以久留。

二，儘管限制重重，微博仍然是大陸用戶最多及公共性最強的網絡平台，容許網友互動討論和轉發訊息，因此即使刪帖炸號不斷，仍然值得我們屢敗屢戰，盡力突破言論審查和新聞封鎖，讓更多的光照進暗屋。*

三，微博仍有許多對社會有關懷，對思想有嚮往，以及對生活有追求的年輕人。對他們來說，微博是尋找同道和思想啟蒙之地。如果微博日漸荒蕪而又沒有其他更好選擇，這些年輕人將難以在凜冽大地找到一小塊思想綠洲，呼吸到一點自由空氣。時代艱難晦暗，圍爐取暖，彼此守望，是我們一起走下去的重要力量。

四，我們每天在微博理性討論、針砭時弊、分享文章，以至集體抗議，其實是在實踐一種公共生活和開拓一片公共領域。微博最大的潛力，是它的公共性：我們並非藏在私密空間和一小群熟人交流，而是站出來與所有人公開討論；我們交流的話題，很少關乎個人私事，更多是關於公共事務；我們使用的概念和訴諸的理由，往往是彼此能夠理解的共同語言；我們說服他人的方式是講道理，而不是依仗暴力。

公共言說，本身就是一種行動。留在微博繼續說話，本

---

* 微博對我來說最重要的作用，就是分享我自己所寫及我認為有價值的文章。在我的經驗中，一篇數千字的政治哲學文章，往往能在很短時間內，獲轉發數百次並吸引數十萬人次的閱讀量。我印象待別深的，是我在2018年11月19日發的文章〈走進生命的學問〉，在炸號之前有11308次轉發，986條評論，以及758萬人次閱讀。對於像我這種已很難在大陸媒體發表文章的人來說，微博幾乎已是僅有的思想傳播渠道。

身就是一種抗爭。當然，以上所說是較為理想的狀態。微博公共性的程度和質素，並非自然而然就存在，而須靠大家一起努力。事實上，許多人離開微博，不是因為炸號，而是因為對微博的公共性徹底絕望。我也經歷過無數人身攻擊和人格羞辱，目睹過許多可怕的網絡欺凌。我甚至為此輾轉反側感觸落淚。惡的極致，有時並不令你憤怒，反而教你悲憫：你會想，世間為何會有被這麼深的惡纏繞以致完全失卻同情心和同理心的人，這是多大的不幸。

微博確實不是烏托邦，有時更是人性醜陋的放大鏡。我因此理解許多人為何放棄微博，選擇退到像微信群那樣的熟人小圈子。不知不覺間，在我認識的朋友中，我已成了少數還留在微博且仍然想方設法繼續言說的人。真的值得嗎？我不止一次停下自問。經歷兩次炸號一切歸零後，這個問題對我尤其艱難。

一直到今天，我依然覺得值得，因為我們別無選擇。集體離開微博而又沒有更好替代，實際上意味着我們放棄努力在當今中國活出一種公共生活。我們這樣放棄，結果不會更好，只會走向一種私人的、離散的、消費為主的，卻失去了公共性的生存狀態。* 如果是這樣，微博就是不得不守的陣地。原因很簡單，沒有足夠數量具公共參與意識的自由人，沒有足夠數量願意通過公共討論學習聆聽、容忍和尊重異見的社會人，我們就很難突破現狀。

我真的相信，我們在微博每一次就社會事務發聲，每一

---

* 我是否過度悲觀？科技進一步發展，會否創造出一種更好的媒介和平台，促進公共生活，抑或反過來使得當權者更加容易監控和打壓公共參與，令人們更加消沉？這有待觀察。

次與網友作思想交流，都在改變自己和改變世界。這些改變雖然看上去很微小，但世界由人組成，我們改變，世界就必然跟着改變。只要有更多的人加入，情況就會不同。

8

文章已寫得夠長。但在結束之前，我想特別交代兩場與我直接相關的微博抗議。一場是我脱鞋抗議《環球時報》主編胡錫進，另一場是我抗議廣州中山大學打壓學術自由。這兩場抗議，分別發生在2014年4月和5月，並在微博產生巨大迴響，無論於我還是於微博史，都有特別意義，是故值得一記。

先談胡錫進事件。

胡錫進是《環球時報》主編，而《環時》是《人民日報》旗下一份每日發行量逾200萬的全國性報紙。胡錫進也是微博大V，2011年2月加入微博，目前有1891萬粉絲。胡錫進的社論和微博言論，尤其是他事事為黨國辯護，被網友調侃為「飛盤胡」，意指「無論政府把盤子扔多遠，你們都能叼回來」。[*]擁有這種官方背景卻願意在微博直面網民的政府官員，在中國絕無僅有，胡錫進雖然因此成為網民批評嘲諷的焦點，卻也贏得巨大社會影響力，儼然成為黨國辯護人，經常以「穩定第一」、「中國情況很複雜」、「國家利益至上」去化解各種批評。

2014年4月1日下午四時三十分，胡錫進應香港中文大學中國研究服務中心之邀，以「大陸媒體近年的變化和思考」

---

* 相關報導，可參考〈《環球時報》使舵者　總編輯胡錫進〉，《鳳凰週刊》，2013年9月25日。

為題作演講，地點在鄭裕彤樓一號演講廳。我五時才到會場，門外有保安把守。我進去，坐第一排，講室沒坐滿，估計有二百多人，以內地生和內地學者為主，還有一些校外聽眾和媒體朋友。

胡錫進當天主要從《環時》的經驗，介紹大陸媒體在市場化和面對新媒體競爭下的幾波發展，並特別強調「我必須既要聽黨的，同時又要聽市場的，這兩個老闆就像兩條鞭子在抽着我。我們必須在兩個老闆之間形成平衡。」胡認為這不僅沒有問題，而且符合國情。中國媒體不應仿效《紐約時報》那一套，而要走自己的道路。

這種說辭並不教人意外，胡的洋洋自得和道路自信也是意料中事。真正使我憤怒的，是他在演講中多次強調「中國政府和老百姓之間的差別沒有媒體想像那麼大，它們的利益基本上還是一致的」，然後又說在香港問題上，「大陸人的態度，跟官方的態度基本上是一致的。」換言之，《環時》的立場就是政府的立場，而政府的立場就是老百姓的立場。《環時》經常批評香港，反映了人民的心聲。我們在場所有人，都「被代表」了。

胡錫進結束演講後，我覺得我必須抗議。當天坐在我後面的媒體人杜婷小姐，在她的微博做了以下報導：

> 今天下午《環球時報》主編胡錫進在中大演講。提問環節，中大政政系教授周保松先是感謝了活動主辦方USC，之後講他很耐心地聽了胡先生的演講，胡先生一直在說黨的利益就是人民的利益，中國十三億人大多數和黨的想法是一樣的，《環球時報》代表的就是中國絕

> 大多數人的聲音。今天現場很多人都來自中國，我想問問現場的朋友，非常不贊同胡先生今天講的內容請舉手。逾一半的人舉手。保松説，「我的問題問完了。謝謝。」之後脱下鞋子，用手拎着，從第一排離場。

這就是當時的全過程。我有這個念頭，完全是出於一時義憤，事前沒有任何計劃。而為了避免給主辦方帶來不便，我也儘量低調。當聽眾舉完手，我便立即脱鞋離開，沒有和胡錫進先生有任何對質，過程快得令在場的人來不及留下一張相片。

至於要求聽眾表態，我其實可以採取一種更有利於我的做法，就是請贊成胡錫進的人舉手。我估計，如果我這樣問，舉手的人一定很少。但是我不想這樣。我覺得，既然這是一場集體抗議，那麼參與者就必須有主動的判斷和行動，而不是坐着不作為。我們舉起手來，即證明胡錫進錯了：他並不代表我們，黨國也不代表我們。

後來許多人問我為甚麼選擇脱鞋，而不是扔鞋或其他方式。説實在話，扔鞋肯定不是待客之道。可是如果我就這樣走出去，別人就根本不知道我是在抗議。又有朋友問，為甚麼不選擇理性辯論而要這麼激進？因為胡錫進並非獨立學者，也並非真的要來作甚麼學術交流。嚴格來説，他是代表大陸官方來訓示香港人。我先請聽眾表態，再脱鞋抗議，就是要清楚告訴胡，我們並不認同他的觀點。

我離開講室半小時不到，消息已傳遍整個微博，成了一件大事。

就我所見，輿論幾乎一面倒站在我這邊。這不難理解。網民本來就對胡錫進有很多不滿，我這種形式的抗議又不太可能在大陸出現，許多人覺得我幫他們出了一口惡氣，於是紛紛轉發表態。

4月2日凌晨兩時，胡錫進在微博發表以下回應：「昨在香港中文大學講座，現場氣氛活躍，聽眾發出笑聲掌聲，與我友好互動。部份學生反對我觀點，但表達方式不失禮貌。最激烈的是周保松先生。他作為該校副教授，做學生都沒做的事，脱鞋，但現場並未對他的這份無理給予呼應。我當時根本不知道他脱鞋，事後從微博得知。講座圓滿結束。」

胡先生很聰明，完全不提我為甚麼要抗議，也不作任何實質回應，而是轉移視線，指責我不禮貌和不夠風度，然後將整件事歸咎於我一個人，卻沒有提及現場有那麼多人舉手反對他。更可笑的是，他的微博封鎖了我的「評論」功能，不容許我在他的微博作回應。《環球時報》官方微博做法如出一轍。與此同時，我的微博開始出現海量水軍，也就是俗稱的「五毛黨」吧。他們的身份不難辨識，就是賬號雖然不同，發言卻千篇一律，都是冷嘲熱諷式的人身攻擊，志在將事情弄成一片混水，卻不和你有任何實質討論。

這場交鋒，我有種被綁着手與人比武的感覺，而對手不是一個人，而是龐大的國家機器。我從一開始便清楚，胡錫進不僅是微博某位和我觀點不同的大V，而是一個代表黨國的符號。他在微博取得那麼多關注，多少象徵黨國在新媒體時代有能力和老百姓對話並得到他們認可，因此具有某種正當性。胡錫進深明此理，並引以為豪，因此才會大言不慚地聲稱黨國利益就是人民利益。

我的行動可說揭穿了這個大話，並借助微博形成一場網上集體抗議。我們都清楚，我們真正抗議的對象，不僅是胡錫進這個人，更是他代表的整個勢力。我自己完全沒料到，在2014年愚人節，我的輕輕一脱，會為萬千網友帶來那麼多歡樂，並與大家一起作了一場不大不小的抗爭。

9

我更加料不到的，是短短個多月後，我在微博會引發另一場規模更大，影響更加深遠的抗議行動，而且是以自由之名。

事情緣於廣州中山大學幾個學生社團，邀請我在五月中作三場講座，主題是「論自由與社會公義」。第一場是在15日晚上，到朱健剛老師負責的核心通識課談「自由的價值」。朱老師在中大推動公民社會和公益慈善教育多年，深受學生歡迎，我在2013年曾應邀主講過一次「自由主義與美好生活」，印象深刻；第二場是在16日晚上，為學生社團「中大青年」主講「思考社會正義：這個社會會好嗎？」；第三場則是在17日早上，為另一著名學生團體「馬丁堂」主持一場穆勒《論自由》(*On Liberty*)英文原典讀書會。

我和中大頗有淵源，每次去都有賓至如歸之感，故此對這三場講座充滿期待，並為此做足準備。中大方面也十分重視，專門設計了好看的海報，並在校園和網絡廣泛宣傳。不少廣州高校同學在微博告訴我，他們會呼朋引伴到中大聽我的課。

5月14日下午兩時，「中大青年」負責人電郵告知，三場活動全部被取消。我知道消息的剎那，真是憤怒難過得久久不能言語。這是我人生第一次經歷這種事情。*

朱健剛老師其後來電，建議為我在廣州找家書店另辦一場。我認為這樣取消講座已是對我的極大羞辱，再如此委曲求全，實在沒有必要。我要麼堂堂正正在中大講，要麼便不講。朱老師理解我的心情，並不勉強。我也曾想過悄悄跑上廣州去旁聽朱老師的課，這樣最少可以和同學在一起。不過我擔心這會給朱老師帶來麻煩，遂作罷。

當天下午六時，我見中大仍然沒在微博公佈講座已被取消，擔心明天有同學白跑一趟，遂在微博發出如下訊息：「獲告知，所有講座已被取消。各位朋友，莫灰心，讓我們期諸來日。」

網絡一片憤怒。

晚上七時，我再發微博：「『惟此獨立之精神，自由之思想……』與各位共勉。」配圖是《陳寅恪的最後二十年》的封面。八時半，我將我的文章《自由的價值》製成長微博貼出來，並特別強調：「人的生命像一棵樹，要長得健康茁壯，能力、情感、信念就必須在不同領域得到充分開展實現，並在過程中建立自我，獲得認同，並看到生命的各種可能。」

直至十一時，中大那邊仍然沒有消息，我決定在微博表態：「既然別人不說，那我說吧。這是對學術自由思想自由的嚴重打壓，值得嚴正抗議！」我當時覺得，這種正常學術活動在被譽為中國最自由開放的大學都遭禁，如果我啞忍並

* 這次之後，我試過不知多少次這種臨時被取消的命運，而且都是正常的學術文化活動。其中各種荒謬，不足為外人道，也遠超常人所能想像。

且連個基本態度都沒有，那實在是對不起自己，也對不起中大。許多中大人轉發並同聲抗議，包括袁偉時先生。

一小時後，中大「公民社會豬腸粉」賬號發出如下訊息：「我們很遺憾地通知大家，我們不得不取消《自由的價值》以及接下來的連場活動。不便之處，敬請原諒。」帖子配了我的講座海報，並在海報上加了個刺眼紅印，上書“CANCELED”。這張海報讓我感受到，中大同學也憤怒了。

5月15日下午兩時，我在微博宣佈：「各位朋友，雖然今天去不了中山大學，但思想自由和討論自由，還是可以在微博有限度地繼續的(希望)。今晚七時，我在微博和大家自由討論和自由有關的問題。大家隨便提出問題，我們自由交流。」

晚上七時，我在微博宣佈：「各位朋友，這個時候，我本應在中山大學和同學們愉快地討論自由的。既然講座不得已取消了，我們就在這個平台就『自由』這一議題進行自由討論。大家隨便發言，我儘量回答，也歡迎大家互相回應。」

我們從七時開始，一直討論到凌晨一時。再準確一點，網友其實早在當天下午四時已開始提問。換言之，那天我坐在電腦前，作了整整九小時的「論自由」。反應出乎意料地熱烈。單是上面這條微博，已有728條評論，1686次轉發，474萬人次閱讀。至於網友之間的延伸討論，更是不計其數。面對洶湧而來的各種問題，我是知之為知之，不知為不知，盡力回答。

最難得的，是所有參與者都異常認真。從自由的概念，到自由的價值，到自由的實踐，到自由的界限，再到自由是否適用於中國，從康德、洛克、馬克思、穆勒再到當代的伯林、施特勞斯、羅爾斯和胡適，我們一一談及。參與討論的，有崔衛平、郭于華和劉瑜等老師，還有無數我不認識的網友。我真的沒料到，我們的討論可以達到這樣的水平。我在網友幫忙下，兩天後已整理出一篇長達萬字的《微博論自由》，供網友下載保存。*

更令人驚訝的，是當天沒有水軍來搗亂，沒有流於發洩情緒的發言，微博也沒有刪帖。一場數以十萬計網民圍觀和參與的哲學討論，竟能在和平理性中徐徐展開，並圓滿完成。那夜到尾聲時，我公開感謝微博，也向所有參與討論的朋友致敬。真的是靠所有人的努力，才造就出微博史上如此難得的一次公共討論。這一夜，我們在微博討論自由，實踐自由，同時在爭取自由。

這還只是故事的一半。

當天下午，微博開始流傳這樣一則消息：「周保松老師在中大的講座《自由的價值》被取消，我們選擇自學。15號晚七點，逸夫堂202，列印一段關於自由的詩或名言或歌曲，在現場朗誦。也可帶一本與自由有關的書，在座位上站起來，捧着書默默閱讀5分鐘。」

當晚七時，二百多位中大同學、校友和廣州公益團體的朋友，自發湧到我本來要做講座的逸夫堂202，將整個課室坐滿，甚至不少人不得不站在走廊外旁聽。講台黑板左右兩

---

* 此文也收錄在拙著《政治的道德》（香港：中文大學出版社，2015），頁227–249。

邊，貼着用毛筆字寫的對聯「獨立之精神，自由之思想」。這是陳寅恪先生1929年紀念王國維的文字，而陳寅恪生前是中山大學歷史系教授。

我從微博見到，同學們在課室打開電腦，一邊看我在微博和大家論自由，一邊朗誦讚美自由的詩歌，唱着《孤星淚》中的"Do You Hear the People Sing"和Beyond的《不再猶豫》，還有同學站出來發表演説，分享感受。

中大同學的行動，很快由學生媒體和參與者傳到微博。整個微博迅即沸騰起來。各種轉發、評論、讚美、聲援，真箇是鋪天蓋地。那一夜，中大那個小小課室，成了整個微博的焦點，也成了爭取思想自由和學術自由的象徵。香港的我，廣州的同學，以及全中國網民，聯成一線，為自由同聲吶喊。

到了深夜十二時，有位中大同學在微博給我留言：「今晚結束後，我們幾十人又到去年您來時去的大排擋吃燒烤喝啤酒，把酒言歡，第一杯就敬給您和自由精神！」辛苦勞累一整天，讀到這一條，我終於淚下。

我在微博作過許多抗爭，但以這場最為難忘。我至今仍然感激當年的中大師生校友，以及萬千微博網友，與我一起打了這場自由之戰。我相信，這是值得寫入微博史和中大校史重重的一筆。不為別的，就是為了自由。所有為了自由的抗爭，都值得記下來。

我們生活的國度，由於長期高壓，大家對於個人自由被剝奪早已習以為常，即使內心多麼痛苦也不相信站出來對權力説不有任何意義。我不是勇敢的人。可是當我的尊嚴受辱，選擇公開表達我的憤怒，於我是自然而然的事。我很珍惜這種表達，它令我覺得自己還是完整的人。我也發覺，當我站出來，我不是想像中那麼孤單。身邊許多人，會以不同方式與你呼應，給你支持。胡錫進事件如是，中大事件如是，炸號事件亦如是。這些不讓人感到孤單的力量真的很重要。

是的，我因為這些選擇，付出了代價，有時甚至代價不菲。但我沒有後悔。我做了對的事，盡了能力捍衛自己的權利，也就行了。再說，我並不覺得一切都是徒勞。我最近在微博重提中大這場抗爭，許多網友仍然記憶猶新，甚至說這件事對他們影響甚深。可見發生過的，並沒有灰飛煙滅。一如此刻我將這段歷史寫下來，讀到的人自然知道，微博曾經有過這樣的故事。

10

讓我回到文章最初。

2018年6月，我的賬號被炸，我心灰意冷，決意從此離開微博。到了10月5日，我應某個團體之邀去為一班大陸年青人作場講座，地點在大圍一個基督教營地。參加者來自國內不同學校，都是對社會有關懷的同學。

那天我談民主。我先介紹中國近代史，然後談了一下民主的理念，最後分享了當下我們可以做些甚麼。對我來說，這是很平常的一次講課。沒料到聽課的同學反應很大，提出各種問題，眼神熱切，空氣中有種難以形容的激動。我開始明白，我以為平常的東西，他們卻極珍惜。

兩小時的課結束後，我打算離開，有位同學過來和我握手。她似乎有話想說，卻一直開不了口，接着眼睛便紅了。

又過了好一會，她說，周老師，請求你回來微博吧。你今天講的，只有我們二十多人聽到，可是中國還有許多許多年輕人想知道這些。我默然。我駕車離開。我終於忍不住在車上掉下淚來。

2018年10月12日，我以「保松周」重回微博。2019年4月27日，再次被炸。2019年4月28日，再開第三個賬號「松保周」。2019年6月9日被禁言一個月。2019年6月9日，啟用第四個賬號「周松保」。

自由誠可貴！

初稿，2019年5月26日
定稿，2019年6月4日

此文在《端傳媒》發表之日，即2019年7月16日，我的第三和第四個微博賬號再次同時被炸。

14　抗爭的理由
——「思考香港前路」四篇

前言

這四篇關於香港問題的文章，2015年8月發表在我的臉書。緣起是我和《信報財經月刊》做了一個專訪，訪問刊出後，引起不少迴響，我覺得有必要進一步闡述我的觀點，並回應讀者批評。四年過去，香港轉變很大，重讀這些文字，仍覺得有保留價值，遂將文章作重要修訂，供讀者參考。

我的本業政治哲學，是一門研究規範性問題的學科。我對香港問題的思考，難免也從這個角度出發。這些年來，我一直強調，香港社會運動的組織者和參與者，有必要從道德的觀點去思考社會行動，並盡最大努力在公共領域為自己的行動和理念，作出合理的公共證成(public justification)。我稱此為「抗爭者倫理」。

最基本的原因，是既然我們選擇以行動改變社會，而任何社會改變必然影響所有人，那麼我們就有責任向社會成員解釋，為何改變是必要的，以及為何為改變付出的代價值得大家共同承擔。

這樣的公共證成愈有說服力，行動便愈有正當性，也愈能吸引更多人加入推動社會轉變的行列，同時對香港社會公共文化的發展，也殊為關鍵。

從佔中運動到雨傘運動，再到2019年六月的「反送中」運動，我們清楚見到，這些運動之所以聲勢浩大，吸引成千上萬香港人加入，並贏得世界關注和同情，很重要的原因，是我們站在對的一邊。我們沒有槍沒有炮，沒有權沒有錢，可是因為我們是對的，並能在公共領域清楚論述我們為甚麼是對的，最後還一起站出來捍衛我們的信念，我們的抗爭於是得到廣泛的支持。

在今天以及可見的將來，香港的命運和中國密不可分。在「一國兩制」危機處處的環境下，香港人如何守護自己的文化、制度和生活方式，是擺在我們面前的大問題。我認為，正因為我們處境艱難，我們在抗爭的時候，更加要重視抗爭者倫理，讓世界知道我們為何而戰。

這是起點，也是終點。

一

《信報月刊》的訪問出來後，有不少讀者問我，香港應該如何面對中國的威脅。我認為有兩點特別重要。

第一，面對中國全方位干預香港事務，我們要在每個領域寸土必守，盡最大努力去保護我們的制度和文化。新聞自由受到威脅，我們要站出來抗議；學術自由遭到打壓，我們要敢於發聲；司法獨立受到挑戰，我們要勇於說「不」。我們經常說，香港正在被「溫水煮蛙」，那麼我們就要特別警覺，盡量阻止事情變得愈來愈壞。

走到今天，我們已看得清楚，香港和大陸的深層次矛盾，是基本價值的衝突。我們曾希望，「港人治港、高度自治」可以為我們爭取一些自保空間，但這個承諾看來已不存在；我們也曾希望中國推行政治改革，將兩地距離拉近，目前情況卻是愈走愈遠。

在這種環境下，除了齊心守護我們的核心價值，我們別無選擇。可是，我們要認識到，我們的守護，不僅是參與大型的政治運動，更是每個人在日常生活的堅持。這種堅持，雖然微小，卻特別艱難，因為往往要求個體作出道德抉擇，並有付出代價的準備。這些個人，可能是公務員、教師、記者，醫生和律師，也可能是圖書館管理員、公司職員和地鐵司機——可能是任何人。

在逐步走向威權政治的時代，我們要特別清楚，我們在守護甚麼價值，以及這些價值對我們為甚麼如此重要。不要以為這些都是不證自明——即使我們爭取真普選已有好一段時間，同時經歷了那麼大型的社會運動，真普選涵蘊的自由、平等、民主、尊嚴等價值，仍須我們通過持續的論述，令這些價值得以植根公共文化。

這不僅是學術界的工作，也不僅只有文字的形式。實際上，社會不同界別的朋友，都應有意識地用不同方式傳播和論述這些價值；這些方式可以是戲劇、文學、紀錄片、出版、音樂、沙龍、讀書會，也可以是大家想到的任何方法。這些工作做得好，我們的公共文化便有充裕的道德資源，為社會提供必要的批判和抗爭力量。

第二，在反思和捍衛我們的價值和制度的同時，我們也應在我們能夠發揮作用的地方，推動中國的社會政治轉型。香港和大陸，不是隔絕的兩個世界，而且交往愈來愈頻繁。中港兩地的互相影響一直在進行，這不是我們個人主觀意願可以改變的事實。不是你影響它，就是它影響你。

在這種格局下，香港是否必然處於弱勢一方，等着被對方蠶食，並坐以待斃？我不是那麼悲觀。回顧中國現代史，香港地方雖小，卻一直在介入和影響中國的現代化進程。遠的不說，回看1978年以來的經濟改革四十年，香港便起到重要作用。我們影響中國的，不僅是資金和技術，還有制度和文化。

我認為，還有一樣很重要、但卻為大部份人忽略的，是香港所代表的現代價值，包括自由、自主、公平、法治、廉潔、秩序、多元、開放，還有我們一直在爭取的民主。這些價值不僅為香港人珍惜，同樣為中國人嚮往。這些價值並不抽象，而是反映於我們的教育、文學、出版、電影、音樂和學術書寫，體現於「六四」維園燭光集會和我們的社會運動，實踐於我們的制度和日常生活。香港之為香港，因為它的價值。

中國政府今時今日最擔心的，正是這些價值會傳入大陸，並威脅它的統治，所以才會在所謂「敏感日子」及發生「敏感事件」時，不惜一切封殺香港傳過來的消息，並動用強大國家機器抹黑香港的民主運動。同樣，他們千方百計限制香港的書籍寄入大陸，甚至直接干預和控制香港的出版和書籍流通。

當權者為甚麼那麼害怕？因為他們比我們還要清楚觀念的力量。

所以，香港的抗爭必須有兩條戰線。一條是努力守護自己的價值和文化，另一條是努力將我們的價值和文化，通過不同渠道傳入中國。我們這樣做，不僅出於對中國社會的關心，同樣出於對香港的保護。試想想，如果愈來愈多中國人認同香港的價值和支持香港的社會運動，他們就愈能見到香港的獨特性，也就愈會用他們的方式去支持香港。

我們無法預測中國的未來發展，但如果我們相信民主是世界潮流，那麼中國的政治轉型早晚會來。我相信，香港作為自由之都，也作為全世界關注的國際城市，我們努力守護和爭取的價值，不僅影響我們自己，同時也對中國的社會轉型，有不容忽略的影響。

有人或會問，即使你説得有道理，香港人又有甚麼渠道，將我們的價值和文化向中國傳播？

是的，中國目前正前所未有地收緊各種自由，包括嚴厲的網路監控。即使如此，在中港兩地頻密交流下，還是有各種各樣的互通空間。例如，香港現在每年有五千萬人次的自由行，這些旅客不僅來購物遊玩，同時也來具體感受香港的文化，甚至會帶許多書籍回去。每年香港書展，我們便見到無數內地讀者來瘋狂購書。最受歡迎的，正是那些所謂「禁書」。

又例如，香港現在每年有過萬內地生在香港留學，這些學生學成之後，很多會回大陸工作。他們在香港生活，不僅得到一個文憑，同時也必然在耳濡目染下，認識到中港兩地深刻的制度和文化差異，並會自行比較。再例如，雖然有高牆阻隔，香港的消息仍然可以通過微博、微信、推特等社交網絡傳回大陸。

我在這裏不是盲目樂觀，更不是低估其中的困難，我毋寧是指出一個值得我們努力(卻為許多朋友忽略)的方向。相較於中國政府的阻擋，我更擔心的，是我們自己是否有這樣的自覺和自信，相信香港的價值和文化值得我們自豪、值得我們守護。

我必須強調，我並不認為香港文化中所有東西都是好的。恰恰相反，和世界其他地方一樣，香港文化裏面，同樣有許多東西值得我們批判和揚棄。所以，甚麼是真正的香港核心價值，以及這些價值為甚麼值得我們支持，必須在公共領域得到充份討論，並在社會運動中得到實踐。

這是我們共同的道德事業。如果我們認同這些價值，珍惜這些價值，並在生活中實現這些價值，那麼香港作為命運共同體，就會有她的獨特個性。有了個性，香港就不用擔心沒有她的未來。

二

在上一節，我提到：「在反思和捍衛我們的價值和制度的同時，我們也應在我們能夠發揮作用的地方，推動中國的社會政治轉型」。這個觀點受到不少人質疑，認為我過於天真和一廂情願，因為香港對中國能起到的影響，微乎其微。既然如此，我這次不談理念，而是用我認識的一些朋友為例，略作說明。

1. 梁文道，我的中大哲學系同班同學。他數年前出版的《常識》，在內地賣出超過三十萬冊。不僅出書，梁文道也寫專欄，主持電視節目，以及製作和讀書相關的視頻、音頻節目。梁文道在內地的文化影響力之大，香港人恐怕難以想像。

2. 周濂，中大哲學系博士畢業，目前是中國人民大學教授，也是今天中國重要的自由主義學者。他的《你永遠都無法叫醒一個裝睡的人》一書，幾年前在大陸賣出超過三十萬冊。此外，我認識的好幾位中大哲學系博士，都在中國幾所最優秀的大學任教，很受學生歡迎。

3. 陳健民，目前正在獄中。他在2013年投身佔中運動前，是中大「公民社會中心」主任，多年來為中國公益團體的發展奔走，是內地NGO界無人不識的人物；盧思騁，我的中大同學，畢業短短幾年已成為中國「綠色和平」負責人，大力推動環保工作；王英瑜，我的昔日宿友，過去十多年也一直在大陸從事勞工權益工作。*

4. 張玿于，中大校友會聯會「小扁擔勵學行動」前負責人，多年來親力親為，與其他校友一起，在中國貧窮地區創辦數十所小學，造福無數農村兒童。

5. 已去世的高華教授的《紅太陽是怎樣升起的：延安整風運動的來龍去脈》，由中大出版社出版，是研究中共黨史權威之作，也是有名的禁書。2000年出版至今，已重印不下數十次。中大出版社為了內地讀者需要，甚至專門出版了簡體字版。

6. 2013年，我們邀請北京大學賀衛方教授來新亞書院圓形廣場做了場公開講座，題目是「中國憲政的未來」，結果有1500人來參加，其中不少更是從廣州和深圳專程過來。當天的微博，有數十萬人關注這場講座。

7. 說回我自己。2013年，我在中山大學的三場講座被迫取消，我於是在微博和網友討論「自由」，交流了整整六小

* 2019年修訂文章之時，這些朋友的工作崗位都已有所改變。

時。單是其中一條，就有800個評論，1800條轉發，逾400萬人次閱讀。* 我這些年回內地做講座，即使是最枯燥的英文原著解讀，參加者也會將課室迫滿。內地年青人對學問的渴求，絕不亞於香港學生。過去八年，我一直堅持利用微博和網友討論政治哲學和公共事務，也極受歡迎。

這些都是隨手拈來的例子。這樣的故事，我可以繼續說下去，並列出長長的一張清單，證明香港培養出來的人，以及在香港發生的事，如何潤物細無聲地影響大陸。這些影響到底有多大，我們很難量化計算；我們知道的是，事情在發生，影響在持續。

這說明甚麼？說明香港不是一面倒地被動捱打，說明兩地交往並非總是消極負面，也說明如果我們頭腦清醒，其實可以有許多方法介入和影響中國。是的，我們無法改變北京當局，令他們明天便給我們真普選，但我們不要因此說，既然一時不能改變北京，那麼甚麼都不用做，因為一切沒有意義。我們沒理由這麼悲觀，因為我們參與香港社會運動，同樣不是因為要有即時成果才願意出來。

中國的政治改變，相當緩慢，也相當艱難，但我們沒有放棄的理由。香港有着其他地方難以比擬的有利位置，可以善用我們的文化和制度優勢，推動中國的社會轉型。推動的方式，不一定只有直接的政治對抗一途，而可以有各種有創意又有活力的方式。

發生改變的場域，可以在大陸，可以在香港，也可以在雲端。最關鍵的，不是沒有渠道，而是即使有了渠道，我們

---

* 詳細情形可參考本書第十三章〈自由誠可貴〉。

是否有話想說、有事想做。這再次回到我前面提出的問題：我們香港人，在這樣的大轉型時代，是否有這樣的視野和期許，不僅將香港建設成自由、民主、公正的偉大城邦，同時幫助中國走出極權專制，完成它的政治現代化之路?!

這是痴人說夢？不見得。每年六月四日，當我們在維園高喊「結束一黨專政，建設民主中國」時，我們這些香港人不正是流露出這樣的抱負?! 是的，我們任重而道遠。

三

有朋友之前留言問我：「請問當中國利益跟香港利益有衝突時，我們應如何處理？」這是很好的問題。我想許多朋友會不假思索地說：「當然是香港利益或本土利益優先」。在2015年4月那場「自由主義vs.左翼」大辯論中，我曾聲稱沒有不證自明的本土優先。任何的優先論，都需要有合理的理由支持。我當時對此沒有作出太多解釋，現在趁回覆這位朋友，略作補充。

為方便討論，我們先將「中國利益」這部份暫時擱起，集中討論在甚麼情況下，香港內部會出現優先性問題，以及應該如何處理。概念弄清楚後，我們再將「中國利益」放進來。

優先性問題的出現，通常有兩個條件。一，資源有限，而大家都想分得多一些份額，滿足自己的欲望；二，每個人對於自己應得多少資源，有不同的認為合理的訴求。兩個條件加起來，就會出現優先性問題：在資源有限的情況下，誰有資格優先擁有某些資源？

有人或會馬上說：凡是我的利益，或凡是我的所屬團體的利益，就必然優先。可是根據這個邏輯，最後必然是每個人都為自己的利益着想，而沒有任何道德考量，結果就變成誰有權力誰做決定，亦即所謂「拳頭就是真理」(might is right)。如果我們最初處理的，是道德上應否的問題，自然不會接受這個答案。

我們實際上在問：當不同人的利益發生衝突，應根據甚麼原則給予某些人優先對待，才公平公正？

換言之，優先性問題的處理，須有道德理由支持。我們不能說，僅僅因為這是我或我的團體(種族、宗教、階級等)的利益，就必然優先。如果是這樣，我們就沒有任何正當理由，道德譴責白人歧視黑人，男性歧視女性，異性戀歧視同性戀。我們也不能譴責中共不給香港真普選，因為它完全可以說，當香港的普選對中國不利時，中國利益優先。

只要有政治社群存在，優先性問題便存在。所以在香港內部，優先性問題同樣無日無之。例如，哪些香港人有資格優先入住公屋？應該根據甚麼原則來決定優先次序才是公平？根據收入、家庭人口多寡、年紀及身體狀況、交稅多寡還是隨意抽籤？

問題開始變得複雜。我們發覺，要回答這些問題，我們必須進入道德論證，檢視不同論點，比較不同理由，才能決定哪種原則較為公平。例如我們須問：政府為甚麼有責任提供公屋？它的政策原意是甚麼？公屋的性質又是甚麼？清楚這些問題後，我們還須進一步問：社會不同的人都想有優先入住公屋的權利時，哪些理由最強？

一個較為合理的方案似乎是，愈有迫切需要的，愈應優先。政府於是可以訂下一些優先性原則：家庭入息、家庭人口、小朋友和老人家數目等。我們很少人會接受，在公屋分配問題上，「交稅愈多就愈優先」，又或「教育水平愈高就愈優先」。

以上例子旨在說明，優先性問題無處不在。處理優先性問題，需要合理正當的理由；至於甚麼理由才算合理正當，需要道德論證；哪種道德論證較有說服力，需要我們對於「甚麼是正義的社會」、被分配物品的性質、物品的稀缺程度及其必要性等，作出具體論證和實質考慮。

現在回到「香港利益vs.中國利益」的問題。根據上面的論證，我們不能說，凡是香港利益(不管是甚麼)就必然有優先性。我們實際上需要論證：當雙方發生利益衝突，而我們又有合理的理由支持前者時，「香港優先」才能成立。

例如，在醫療資源有限下，香港孕婦較非香港孕婦，有優先使用公立醫院服務的權利。為甚麼？我們會說，醫療資源是一種福利，而福利的享用需要滿足某些條件，例如必須是香港公民。但這種優先性，不一定適用於所有情景。例如，我們未必會接受在入住酒店，購買海洋公園門票，又或進戲院看電影時，必須先區分香港人和非香港人，並給予前者優先。

以上討論，我們其實已假定，我們知道甚麼是香港利益，或一種屬於所有香港人的利益。但現實情況可能更加複雜，因為香港人內部，可能對於甚麼是「香港利益」也有極大分歧。以「自由行」為例。對部份香港人來說，愈少「自由行」，便愈能保障香港利益；但對從事零售業、旅遊業的香港人來說，愈多「自由行」對他們愈有利，還能同時改善香港的就業和稅收。

問題於是來了：誰代表香港整體利益？所謂整體利益，會不會只是某部份人利益的包裝？若是，為甚麼要犧牲一部份香港人的利益，來滿足另一部份人的利益？這樣做公平嗎？

討論來到這裏，我們當見到「香港利益」為甚麼不是不證自明的。誰應該享有這些利益，誰應該去為這些利益付出代價，需要道德論證。那些動不動以「香港整體利益」為名去制訂政策或作出行動的人，往往將問題簡化，並有意無意地壓抑了另一些香港人的聲音。

說了那麼多，我想說明甚麼？我想說，當我們主張本土利益優先時，我們其實需要先回答：這些是甚麼利益？誰的利益？基於甚麼理由，這些利益具有優先性？這些理由為甚麼是公平公正的？

這些問題皆牽涉實質的道德論證。是的，這樣思考會很煩，很不爽快，但只有通過這些公共證成，優先性問題才有望得以公平解決，從而令那些需要付出代價的人心悅誠服。

四

《信報月刊》的報導有這樣的話：「『其實我完全理解香港人受壓制的痛苦，但長期用這種日日『打緊仗』、覺得受威脅、被強暴的心態生活，首先受苦的是自己。』周解釋，仇恨會腐蝕自己，不利社會建設或持久的公民運動。」這段說話在網上引起一些批評，我在這裏作些回應。

先說幾句背景。我普通教師一名，無黨無派，從1989年開始上街遊行到今天，參與過大大小小的校園和社會抗爭，過程中有過憤怒和挫折，也曾痛過哭過。以下分享難免有我的個人體驗，偏頗難免。

為甚麼我要作這段評論？過去幾年，一國兩制幻滅，中港矛盾日深，民主之路無望，政府管治無能，貧富懸殊嚴重，階級流動緩慢，港人引以為榮的許多價值和制度搖搖欲墜，往往令香港市民活在憤怒絕望之中。

許多關心香港的朋友覺得，過往的和平談判之路已經走到盡頭，只有採取更激進、更勇敢的抗爭，香港才有希望。抗爭最大的敵人，是中國。因此，對內要建立本土論述和族群主義，催生香港人的主體性；對外要力拒中國對香港的種種入侵，包括政治(中聯辦)、經濟(自由行、水貨)、文化(簡體字、普教中)、社會(新移民、社會福利分配)等。這幾年一波又一波的抗爭運動，不管效果如何，都和這個社會大危機相關。

雨傘運動之後，危機進一步加劇，絕望情緒日甚一日，年青一代對中國、港府及傳統社會精英的信任，已跌到負數。

在這種困境下，許多朋友認為，「和理非非」也好，道德説理也好，皆無助於勇武抗爭。要「勇武」，就要有「勇武」的主體。主體如何勇武起來？首先要對壓迫者產生強烈的敵人意識和仇恨意識。誰是我們的敵人？凡是威脅和破壞香港利益、影響我們生存的，就是敵人。他們可以是「雙非」孕婦、「自由行」、「水貨客」，也可以是新移民及那些不贊同這種抗爭路線的香港人。

「敵人」看似客觀存在，中間卻有許多有意識的想像和建構。於是，不僅內地人和香港人決裂，香港內部也開始產生分裂。先是同情泛民的「黃絲」和同情建制的「藍絲」分裂，接着是民主派內部一波又一波的分裂，例如傳統社運團體和本土派的分裂，「左膠」和「右膠」的分裂，雨傘運動中的「拆大台」及其後的「退出學聯」運動，都是這種分裂的後果。

在分裂過程中，大家都覺得自己最關心香港、自己的道路最正確，並堅信抗爭目標的崇高、時局的危機，以及個人處境的不幸，都足以合理化各種抗爭手段。這兩年，網上不同派別的斷殺、社會不同團體的互相攻訐，可說觸目驚心。

在這種環境下，再沒有任何政黨和民間團體有能力將不同抗爭力量團結起來，作持久而有力的抗爭。隨着裂痕加深，彼此敵人愈來愈多，同路人自然愈來愈少。不同立場的人，愈來愈難交流。更為普遍的，是無日無之無底線的負面標籤和人身攻擊。結果許多關乎香港未來的重要課題，再無法在公共領域展開有意義的討論；許多本來積極參與社運的朋友，也心灰意冷，甚至從此退出公共討論。

這是今天香港民主派反抗陣營的現狀。

面對這種現狀，無論你是甚麼反對派，我想都會同意，分裂的結果是人盡皆輸。離開的人愈多，我們的力量便愈薄弱。結果，我們本來的敵人沒有受到任何威脅，自己卻已傷痕纍纍。

如何走下去——這問題擺在我們每個人面前。

現在回到我最初的問題。在這樣的抗爭中，如果建構出來的抗爭主體，主要由敵人意識和仇恨意識支撐，而不是由一些經過反思後，我們認為合理的價值來界定和構成，那麼對抗爭者本人及對香港的社會運動，會有甚麼負面影響？我提出幾點觀察，供大家參考。

第一，以我的經歷及多年觀察，一個長期活在仇恨、猜忌、算計以及對他人不信任的狀態的人，首先受苦的是自己。這樣的人，很難活得好，因為他根本不打算讓美好的事物進入他的生命，也難以感受生活中美好的人際關係。道理不難理解：生活中充滿敵人和仇恨的人，很難有真正的朋友，也很難見到生命的好。

第二，這樣的抗爭主體，最後必然會導致內部無止境的分裂，因為敵人意識伴隨的是權鬥、自保和猜忌。這樣的人不可能突然停下來，因為他必須不斷尋找新的敵人，直到最後只餘自己。

第三，一場抗爭運動如果只是由仇恨推動，沒有其它普世性價值作基礎，例如自由、平等、正義、關懷、尊嚴、愛等，便很難產生廣泛的道德感召，很難像滾雪球般壯大，也很難爭取更多同路人加入。

許多朋友一聽到要建立抗爭運動的道德正當性，便嗤之以鼻。但我們回望一下歷史，世界大大小小成功的社會運動，有哪一場不是先有強大的道德正當性，在社會形成巨大的政治壓力，才能迫使當權者讓步，並催生更為根本的社會、文化變革？殖民地獨立運動、黑人民權運動、女性解放運動、同性戀婚姻合法化運動、環保運動等等，皆是如此。*

* 修訂此文之時，我剛剛參加完2019年6月16日香港二百萬零一人大遊行。這

第四，雨傘運動時，我們常說「毋忘初衷」。如果大家真的在乎自己，在乎香港的未來，我們就必須問：我們的初衷是甚麼？我相信許多人會說，初衷是希望香港成為自由、民主、正義、有愛，人人活得像人的社會。如果經過歷年抗爭，我們的革命尚未成功，自己卻在運動過程中，自覺或不自覺地將自己變成充滿仇恨猜忌和滿腦子敵人的人，那豈非事與願違?!

讓我們來看看這段話：「仇恨會腐蝕一個人的智慧和良知，敵人意識將毒化一個民族的精神，煽動起你死我活的殘酷鬥爭，毀掉一個社會的寬容和人性，阻礙一個國家走向自由民主的進程。所以，我希望自己能夠超越個人的遭遇來看待國家的發展和社會的變化，以最大的善意對待政權的敵意，以愛化解恨。」

誰寫的？劉曉波。*

最後，讓我說個小故事。2014年9月28日第一及第二輪催淚彈後，許多朋友仍然堅持留守，不願離開。在地鐵站附近，我見到許多年青朋友，手拖着手，形成一條幾百米的人鏈，井然有序地將各種物資從後方送到前方。大家雖然害怕，卻極為團結，無分彼此地連成一體。這個畫面，我一直記着。

我經常想，我們的年青一代，還會有機會像傘運時那

樣一場波瀾壯闊、震驚世界的社會運動，為甚麼可以感召那麼多香港人走出來？原因有許多，但我相信最重要的，是香港人的同理心和正義感。這場反逃犯修訂條例運動，反映香港人對自由和法治的堅持，也反映我們對香港命運共同體的認同。

* 引文出自劉曉波的法庭自辯〈我沒有敵人 —— 我的最後陳述〉。

樣手拖着手，一起為我們共同的未來打拚嗎？ 2019年6月12日，我重回金鐘政府總部，在同樣地方見到同樣的景象。

只要我們齊心，我們就會回來。

初稿：2015年8月17日
修訂：2019年6 月19日

雨傘運動攝影一束。　　　　頁171–174，攝影：蕭雲

風雨中抱緊自由

黃耀明談「這個璀璨都市光輝到此？」，2019年2月24日。

吳靄儀談金庸與查良鏞，2018年11月10日。

許寶強在文化沙龍分享「傘運四年：我們如何走下去」。2018年8月29日。

李柱銘討論「八九六四三十年」。2019年5月31日。

2014年5月15日，廣州中山大學同學在課室聚會，抗議學術自由受到打壓。

上海季風書園「被死亡」倒時計

輯　三

15 正義社會提綱

一

每個人，都有得到國家公正對待的權利。這意味着，國家不能任意對待公民，也不能視公民僅為工具，而必須尊重個體的基本權利。政治必須講道德，因為人具有尊嚴。這是政治道德的起點。

二

在一個大部份公民具有基本理性能力和道德能力、且能自由行使這些能力的社會，國家強制性權力的合理行使，必須得到公民的反思性認可。滿足反思性認可的必要條件，是權力行使必須合乎正義。一個社會愈正義，就愈有正當性。

三

正義是評價社會制度的最高判準。不正義，必然意味着某些人的利益、權利和尊嚴，受到不合理對待。這些不合理對待，往往給個體帶來傷害和羞辱。一個正義的制度，是從政治道德的觀點看，每個公民都受到公平對待的制度。

四

任何一種政治道德的觀點，都必須回答兩個問題。一，甚麼是人的根本權利和利益？二，這些權利和利益應該以甚麼方式來合理分配？沒有前者，我們不知道人需要甚麼和想要甚麼；沒有後者，我們不知道如何分配有限資源才公平。這兩個問題加起來，構成一種社會正義觀。

五

自由主義認為，人的根本利益，是要活出自主的人生。在這樣的人生裏，個體能夠有內在能力和外在條件，成為自己生命的主人，決定自己想過的生活，並為自己的選擇負責。重視個人自主，意味着肯定人的主體性和能動性，並尊重人的理性選擇。個人自主，是自由主義的道德基礎。

六

人是活動的存有，必須通過不同活動來實現自己。要實現個人自主，主體必須於不同社會領域，例如政治、經濟、教育、宗教、愛情、婚姻、娛樂等，有所參與和實踐。這就意味着，個體必須在這些領域擁有相當充份的自由，才有可能過上自主生活。我們因此需要政治自由、經濟自由、宗教自由、愛情自由、婚姻自由、教育自由和娛樂自由。人類自由的歷史，是不同領域逐步向主體敞開的歷史。

七

自由是複數。每一種自由，都像一道打開的門。門開得愈多、愈寬，主體免受外在限制而作出自由選擇的空間便愈大，過上自主生活的機會也就愈大。對人的自主發展最重要的自由，構成了社會的基本自由，並形成一個自由體系。一個自由的社會，是公民的基本自由得到充份保障的社會。可是我們也須留意，並非每一道門都同樣重要，也並非每一道門打開的程度都必須一樣。自由雖然重要，卻非唯一的政治價值；不同的自由之間，也會有衝突的可能。自由的地位，須放在一個社會正義觀的脈絡裏來理解和論證。

八

自由對主體的重要性，因人而異。一個人的自主意識愈強，便愈感受到自由對他的重要，也愈體會到不自由帶給他的痛苦。這些痛苦，不僅有加諸身體和意志上的桎梏，還有與生活世界的斷裂和個人尊嚴的喪失。人們對不自由之苦愈敏感，愈能體會自由的重要。公民必須要有充沛的自由意識，自由的價值才會得到重視，自由的理念才會在社會生根。促進自由自主意識的發展，是社會轉型的重要工作。

九

人的完整發展，仰賴人在不同領域得到自由發展。在缺乏政治自由的專制社會裏，人將難以得到完整發展。沒有政治自由，人將無法通過公共生活實現自己，他的人生因此是不完整的，其福祉也將嚴重受損。這種傷害，並非經濟利益可以補償。我們因此需要民主。民主，是平等公民在政治共同體內實踐政治自由的體現。

十

人生而有各種不平等。自由主義卻希望從這樣一種觀點看待人：每個主體都有屬於自己的生命，每個生命皆獨一無二且不可取代，同時每個人都渴望活出及活好自己的人生。我們因此有理由接受，每個獨立個體，都有平等的道德價值，都有平等的作為人的尊嚴。一個重視正義的社會，必須重視人的自由和平等。

十一

結論：一個重視個人自主的正義社會，應該為自由而平等的公民提供公平的機會和條件，使得每個人都能實現自主人生。這樣的社會，需要一系列制度安排，包括：基本權利和基本自由、政治上公平的民主選舉和社會生活上廣泛的民主參與、個人財產保障、公平的教育和工作機會、合理的社會支援和完善的社會福利、對市場的合理約束、消除各種社會歧視(性別、種族、宗教、性傾向等)、多元豐富的文化生活、建基於平等尊重的社會關係等。這樣的正義社會，是道德建構，也是政治實踐。這是可實現的理想，只要我們願意為此努力。

16　活得像人的政治

——《政治的道德》韓文版序*

拙著能夠出版韓文譯本，有機會和許多素不相識的韓國讀者見面，是我莫大的榮幸。在這篇短序，我想和讀者打個招呼，並談談我對政治的基本理解。

還記得本書在二零一四年出版不久，香港即發生震驚世界的雨傘運動，成千上萬的年青人和平佔領香港政府總部旁邊的交通要道，並在那裏紮營七十九天，要求中國政府履行承諾，給予香港人真正的民主普選。不少朋友告訴我，這本書是當時許多年輕人在街頭閱讀的政治哲學書籍。而在韓文版面世之際，韓國人民同樣經歷了一場長達數月的「燭光革命」，最後促使國會通過總統彈劾案，並選出了新的總統文在寅先生。

韓國民主政治應該如何走下去？——在這個關鍵時刻，許多人會問。

我相信，這個問題其實預設了某種對政治道德的期許：公平公正的制度、廉潔問責的政府、重視權利和關顧弱勢的公共政策，互相尊重和彼此寬容的政治文化等。所謂政治道德，就是希望在政治制度和政治實踐中，政府和公民能夠實現和體現一些重要的道德價值。政治道德反對的，是弱肉強食、權力等同正義、人性必然自利等觀點。

---

*　這是為韓文版《政治的道德——從自由主義的觀點看》一書所寫的序。（Seoul：Gilbut Publishers, 2017）。

有人或會問：政治道德可能嗎？

發出這種疑問的人，往往見盡了現實政治的黑暗醜陋，因此對政治道德徹底失去信心，並認定政治的本質，就是赤裸裸的權力和利益的爭奪。政治，是沒有公平正義可言的，人們如是說。可以想像，一旦大部份人接受這種想法，人們就會對社會不義漠然，對民主制度失去信心，參與社會運動的熱情更會大大減弱。

這種想法能夠成立嗎？

我認為不能。首先，我們要意識到，從出生起，人便活在政治之中。我們的權利和自由，收入和機會，以至各種社會關係和人生計劃，皆深受政治影響——我們沒有逃避政治的可能。我們生活的每個面向，即使看起來如何個人，其實都預設了一個制度背景，並深受這個背景影響。不說別的，我們如何戀愛，享受甚麼娛樂，可否在網上發表言論，都受制度約束。

其次，我們這些活在政治中的人，一定深切明白，政治是有是非對錯和善惡好壞的。如果不是這樣，我們便難以解釋，為甚麼會有數以百萬計的韓國公民在最近的事件中挺身而出，要求朴槿惠總統接受調查並問責下台。

人們願意站出來，正是因為深信，有些政治行為絕對不能接受，有些倫理底線必須堅守，有些政治理念值得守護。韓國能夠從軍事統治和威權政府中走過來，幾經艱難建立起今天的民主政體，在相當大程度上，不正是因為有許多抱着這種信念的勇敢公民，前仆後繼地打拚而來？!

還記得三年前，我看了《辯護人》這部以韓國前總統盧武鉉先生為背景的電影，感動得不能自已。那時我們正經歷香港的關鍵時刻，無數香港人走上街頭爭取民主，並為此付出巨大代價，包括遭到警察以催淚彈鎮壓，後來也有不少人因此失去自由。我知道，這部電影同樣令中國大陸的許多朋友深受鼓舞。我至今仍然清楚地記得，八十年代中後期，我經常在香港電視新聞上，看到你們的大學生走上街頭抗爭的畫面。你們走過的民主路，確實給同在東亞的我們，帶來許多啟發和激勵。

支撐我們的信念是甚麼？說到底，是為了建立一個使人活得像人的制度。

怎樣才叫活得像人？不同哲學家會給出不同的答案。我在本書提出一種自由主義的觀點，我稱之為「自由人的平等政治」，嘗試回答這個問題。

簡單點說，我認為理想政治的起點，是視每個公民為享有平等地位的自主個體，並在此基礎上謀求建立一個公平正義的社會。這個社會制度包括：平等的個人權利、一人一票的民主選舉、教育和工作上的機會平等、多元開放的社會文化、完善的社會保障，以及合理的財富分配等。

一個社會愈能實現這些價值，便愈接近正義，因為它能給予每個自由個體平等的關懷和尊重。自由和平等，是構成正義社會的核心價值。我認為，這個自由主義的立場，是韓國以至許多民主社會正在走或值得走的路。

讀者或會繼續問，即使我們同意這個政治目標，但回到現實世界，我們應該做些甚麼，才能夠逐步實現這個理想？

將政治理念實踐於世界，是個漫長艱難的過程，往往需要好多代人的努力，甚至不得不為此付出巨大代價。以中國為例，自由主義最早傳入中國，是在二十世紀初期。可是過了一百多年，世界早已起了翻天覆地的變化，自由、民主、人權、憲政的理念，仍然難以在中國生根，我們仍然活在一黨專政之下。至於香港，回歸已經二十年，我們同樣在為自己的權利和尊嚴奮力抗爭。

我們仍然在路上。

我相信，觀念的廣泛傳播，公民的政治參與，價值的守護承傳，公民社會的團結，在日常生活中緊守做人的基本底線，以及合力以不同方式推動社會改變，始終是社會進步的重要條件。此刻當下，我們無法知道，寒冷甚麼時候會過去，春天甚麼時候會到來。不過，我們知道，我們站在歷史對的一邊，因為我們爭取的是人的自由和尊嚴。如果其他社會可以，我們應該也可以。我們沒理由悲觀，我們非如此不可。

政治哲學的精神，是運用人的價值理性，對人的生存狀態和集體生活作出深刻反思，以期我們能建設更公正更美好的社會。我在此必須強調，哲學的目標，是理解、反思、批判、證成和想像。這是一項沒有止境的工作。沒有人是絕對權威，也沒有唯一真理。我期待本書的讀者通過本書，也能開始屬於你自己的哲學之旅，並享受途中的美好風景。

17　政治轉型與公共哲學

在這樣的大轉型時代，我們應該怎樣從事政治哲學？這是我近年經常困惑的問題。下面我嘗試提出一些初步思考。必須強調，此文更多的是個人自省和自我要求。毋庸多言，因為討論的是公共問題，道理如果成立，自有其普遍性意義。

1

按道理，這個問題不應困擾我，因為我接受的是西方政治哲學訓練，目前在大學任教，我只須跟着學術遊戲規則，找些重要的哲學家來研究，然後在學術期刊發表論文和出版專著，即可心安理得。事實上，這是絕大部份學術界同行的工作方式，也是大學對教師的要求。

在目前的學術體制中，我們處理的問題，主要是西方哲學家提出的問題；文章的書寫方式，必須依從學術論文的規矩；發表著作的平台，必須是給同行看的學術期刊；文章的讀者，主要是學術界同行。我們必須嚴守這些規範，因為只有在這種規範下生產出來的東西，才被視為學術。政治哲學的內容、範圍和方式，由這些規則嚴格限定。

我發覺，如果根據上述理解，過去幾年我從事的許多工作，包括在微博和臉書引發的各種關於政治哲學的公共討論；在廣場、書店、大學、中學做的哲學公開講座；在報紙和雜誌發表的文章；在家中舉辦的政治哲學讀書組；又或在咖啡館策劃的思想沙龍，都是不務正業，和政治哲學無關。這些活動或許有別的意義，甚至值得欣賞，但不是專業哲學人要做的事。

問題是，這種對政治哲學的理解及由此而來的自我設限，為甚麼是合理的？在公共領域，以非學術期刊式的語言，就大家關心的公共議題，與公民所作的公共討論，就不是政治哲學？如果蘇格拉底是哲學家原型，那麼他之所以為後世敬仰，正是因為他像牛虻那樣叮咬公民，在雅典城邦和公民天天討論哲學，最後為此而被城邦起訴，並被判死刑。

蘇格拉底沒有留下任何著作，他是在用他的生命實踐哲學。如果蘇格拉底值得我們頌讚，那麼我們將發覺，他對哲學的理解及對哲學人的期許，今天已幾近消亡。今天已很少有哲學家會像蘇格拉底那樣實踐哲學。

對於這種情況，其中一種回應是，這純粹是角色分工問題。真正高端的、專業的哲學，就交由學院專家來做。至於公共領域的哲學普及，則交給另一些人來做，例如作家、文化評論員、或媒體人。這是相當普遍的看法。不少學院中人因此心安理得，覺得哲學推廣不是他們的責任。*

這種觀點盛行的結果，是社會大部份公共資源，以及學者的大部份精力，都花在學院式的知識生產；而公共領域

* 另一種觀點則認為，學院和公共根本不能這樣二分，因為大學本身就是公共領域的一部份，所以學院哲學做的一切，都是面向公共。原則上，學院哲學和公共哲學，確實並非必然對立。可以在現實，這個情況卻愈來愈嚴重。如果我們將這兩者完全等同，反而令一個真實的、值得關注的問題消解了。

中的政治哲學，卻相當貧乏。[*]這絕非誇張之言。以香港為例，我們正處於一個急劇變動的時代，政治和道德議題層出不窮，極度需要嚴肅認真的公共討論。可是我們見到，學院中人這方面的參與是非常少的。我們可將此視為「哲學公共性」的缺席。

為甚麼會這樣？最直接的答案就是，大學並不承認它們。不是這些工作沒有意義，也不是這些公共議題沒有迫切性，而是我們的學術體制根本不承認這些工作具有學術價值。學院中人選擇不這樣做，從個人學術前途的角度來看，完全理性。而這並非個別現象：隨着全球高等教育的市場化和單一化，各國大學不由自主地捲入各種世界大學排名遊戲，並以期刊出版作為評核教師的唯一標準，這種情況只會愈來愈嚴重。

2

這種公共性的缺席，令政治哲學及社會都承受巨大代價。與自然科學及社會科學不同，政治哲學是一門以政治社群為關注對象的規範性學科。從政治民主化、公民權利保障、社會財富分配、公共醫療和公立教育、同性婚姻，到環境危機與動物權益，再到全球資本主義導致的剝削和不公平，都是政治哲學需要處理的議題。

這些議題無可逃避且極為重要，直接影響我們每個人的生活。如果政治哲學不能介入和回應這些屬於自身社會的公共議題，反而自足於在學院思考所謂的「永恆哲學問題」，那麼政治哲學就很容易淪為象牙塔裏的知性遊戲，失去應有

---

* 就我觀察，這種情況，歐美國家的情況會較華人社會好得多；如果將香港和台灣比較，則台灣較香港好得多。

的現實感和批判性，也無法在公共領域扮演任何角色。

與此同時，當哲學家無法對所屬社會的觀念、價值、制度及各種社會習俗作出反思和批判，在公共領域設定公共議題，並以公民能夠理解和溝通的語言來作公共討論，那麼整個社會就會欠缺相關的概念和道德資源去理解和評價公共事務，並難以提升我們的公共文化。

我們要知道，人理解世界和判斷世界，離不開觀念。沒有觀念，就沒有真正意義上的社會行動。提供觀念和論證觀念的合理性，正是知識人的天職。如果一個社會大部份知識人從事的工作，都和所屬社會最迫切的公共議題無關，也不能和公民產生有意義的對話，我們就很難期待我們的社會，能夠變得更公正、更進步。

如果我們將上述思考，放在一個正經歷重大政治轉型的社會裏，問題就變得更為迫切嚴峻。我這裏説的政治轉型，是指一個社會正面對巨大困境，例如一黨專政的極權統治、公民權利和基本自由嚴重喪失、官僚貪污腐敗、社會歧視普遍存在，以至財富分配極度不公等。這些制度上的不義，使得活在其中的個體承受各種壓迫、屈辱和苦難。

我們必須承認，今天的大陸和香港正處於這種處境。既然如此，如何通過公民覺醒和公民抗爭，使社會逐步轉型成自由、民主、法治和正義之邦，便是我們的歷史責任。[*]政治哲學作為實踐性學問，終極關心的是建設公正、人性、有尊

* 當然，這裏預設了一種自由主義的立場。在今天中國，有不少人認為這不是中國應走的方向，並提出所謂「中國道路」。為甚麼自由主義值得支持，自然需要實質論證。這方面的討論，可參考拙著《政治的道德：從自由主義的觀點看》(香港：中文大學出版社，2015)。

嚴的社會，使得每個公民免受制度傷害，活出好的人生。在這樣的轉型時代，哲學人的角色尤其重要。

事實上，歷史上許多重要思想家，例如洛克、盧梭、伏爾泰、康德、托克維爾、穆勒，到當代的沙特、德沃金和哈伯瑪斯，都是我們的典範。* 中國的梁啟超、胡適、陳獨秀、殷海光、劉曉波、余英時和許章潤，同樣為世人敬重。

3

一旦意識到這樣的責任，我們便須自問：在這樣的時代，我們應該如何從事政治哲學，才能善盡我們的責任？我認為有兩點特別值得留意。

一，由於時代處境不同，我們面對的挑戰必然和西方民主社會有很大差異。對我們來說，如何面對專政，如何捍衛自由法治，如何壯大公民社會，如何深化民主理念，是我們最為迫切的問題。為了應對這些挑戰，認真研讀西方著作並從中汲取營養，自不待言；但如果將他們社會面對的問題，簡單地視為我們的問題，甚至視為跨時代跨領域的普遍性問題，則很易導致錯置。† 讓我們稱此為政治哲學的「在地性」。

二，我們不能繼續停留在學院哲學的範式，以為哲學人唯一可做且應該做的，就是從事學院式寫作，然後滿足於此。道理很簡單，社會轉型不會自動發生。要推動改變，就

---

* 英文名字依次為：John Locke, Rousseau, Voltaire, Kant, Alexis de Tocqueville, J. S. Mill, Jean-Paul Sartre, Ronald Dworkin, Jürgen Habermas.

† 晚期羅爾斯便認為，不同歷史處境，必將面對不同的政治哲學問題。John Rawls, *Political Liberalism* (New York: Columbia University Press, 2005, expanded edition), pp. xiii–lx.

必須有變動的力量。力量從哪裏來？必然從社會來。社會要有力量，就須有觀念的傳播、意識的覺醒、公共論述能力的培養、抗爭主體的打造，以及具批判性公共文化的形成。*

以上種種，政治哲學都能發揮很大作用。† 但要做到這些，政治哲學必須具備一種公共性格，容許政治哲學實踐(定義、理解、論證、對話、行動等)在公共領域以不同形式展開，並累積社會的道德資源。讓我們稱此為政治哲學的「公共性」。

一旦接受上述兩點，我們的任務就是：在社會轉型時期，有效實踐一種在地的和公共的政治哲學。我們可稱這種哲學觀為「在地的公共哲學」。在地的公共哲學，是指在公共領域，就政治社群的公共事務，運用公共理由，以公民熟悉的語言，進行公共論述的學問。

這樣的一種哲學觀，不是指向某種特定的、實質的哲學觀點，而是指一種對政治哲學自身的後設理解。不同政治觀點的人，自然可以提出自己的實質見解，並在公共論辯中決定孰優孰劣。以下略談我所理解的自由主義在地的公共哲學觀，在轉型時期可以做些甚麼。

4

第一，論證及彰顯政治道德的必要，藉此反駁形形色色的政治現實主義、價值犬儒主義及道德虛無主義。更進一步，政治道德不僅必要，而且在各種社會評價中，具有規範

---

* 關於公共文化的討論，可參考錢永祥，〈哲學與公共文化：在台灣的思考〉(未發表)。

† 稍後我會用我的一些實踐經歷來說明這點。

意義上的優先性(normative priority),優先於各種民族主義、國家主義和經濟發展至上的論述。*

在今天中國的語境,這部份工作在自由主義公共論述中,尤為重要,因為自由主義在中國,長期被人曲解為一種鼓吹個人自利主義或價值虛無主義的理論。如果不破除這種說法,自由主義的各種價值堅持將無從說起。更為重要的,是經過數十年殘酷的政治運動、教條式的洗腦式教育,以及劣質國家資本主義的摧殘後,中國社會的倫理關係及道德信任已遭嚴重破壞,許多道德語言甚至失去了原來的意義和規範性。

因此,在理論上論證和在實踐上彰顯人具有道德本性,以及合乎正義的政治秩序是可能實現的,便十分重要。這是漫長而艱鉅的工作,不僅須有嚴謹的道德論述,更須我們在公共行動中踐行自由價值,令人們真實見到自由人格和自由社會的吸引力。胡適先生之所以影響力巨大,被譽為中國自由主義之父,不僅因為他的學說,更因為他用他的生命,實踐出一種令人敬佩的自由主義人格。胡適的故事告訴我們,社會愈是昏暗無光,知識人的公共角色愈加重要。

第二,致力證成一套自由主義的政治道德觀,並以此作為評價當下社會的標準,以及作為社會轉型的方向。這個工作十分重要,因為如果欠缺這樣一種政治道德觀,我們將難以充份解釋當下制度之惡,亦難以告訴人們為何值得為某個更好的政治理想努力,並藉此團結各種抗爭力量。就此而

* 可參考羅爾斯的「正義作為社會制度的首要德性」的觀點。John Rawls, *A Theory of Justice* (Cambridge, Mass.: Harvard University Press, 1999, revised edition), p.3; 亦可參考周保松《政治的道德》(香港:中文大學出版社,2015)。

言，抽象的道德證成，不僅沒有脫離現實和過於理想化，反而可以為社會轉型提供有力的道德資源。

自由主義傳入中國已有百年，自由主義的理念亦在社會取得相當大的認同，但在立足自身社會的原創性理論建構上，仍然乏善足陳。整體而言，我們仍然停留在翻譯和介紹西方自由思想的層次。我們必須承認，我們的理論建構水平仍然非常不足，因而在理解和批判時代，以及為社會轉型提供方向上，仍未起到應有的作用。如果我們不正視這些問題，仍然汲汲於生產沒有時代意義的論文，那麼問題只會持續，我們亦有愧於時代。

第三，證成過程中訴諸的公共理由是否成立，必須視乎它們能否經得起實踐理性的檢驗。在這裏，恐怕沒有一套中立的普遍性程序能夠解決不同理論的根本爭議，亦沒有一個先驗地界定好的規範性邊界是不能被質疑和逾越的。它必然是個在公共領域持續開放的證成過程。用羅爾斯的話來說，這是尋求反思的均衡(reflective equilibrium)的過程。[*] 這個反思互動的過程，不應只限於在正義原則和深思熟慮的道德判斷(considered moral judgments)之間進行，同時也要將我們對人性的理解、人類歷史中的種種慘痛教訓、中國特定的社會文化，以及現實政治的各種可能性和約束等考慮進來。再次借用羅爾斯的說法：我們追求的，是一個可實現的烏托邦(realistic utopia)。[†] 這種哲學上的務實，也許在政治轉型時期尤為重要。

---

* Rawls, *A Theory of Justice*, pp.17–18.

† Rawls, *Justice as Fairness: a Restatement* ed. Erin Kelly (Cambridge, Mass.: Harvard University Press, 2001), p.4.

第四，當我們有了這樣一套自由主義的政治道德觀，下一步就是在公共領域，與其他理論展開對話和辯論，包括政治儒學、放任自由主義、文化保守主義、威權主義，以及不同形式的社會主義等。我明白，在今天中國的政治環境下，這樣的對話和辯論愈來愈困難。可是沒有這些辯論，我們就很難對社會轉型的方向和策略有更深的認識，並爭取縮窄分歧，形成共識。更重要的是，這個公共辯論的過程，本身就是難得的學習過程，有助於增強政治哲學在公共領域的作用。

第五，我們也必須走出學院，積極參與公共事務的討論。也許不少人認為，這不是學院中人要做的工作，應該交給其他人來做。但從公共哲學的觀點看，理論與實踐、學院與社會、專業和普及之間，都是不必要的二分。公共哲學的目標，正是要讓哲學走進社會，從而令哲學思考成為公共文化的一部份。回到蘇格拉底的理想，哲學不應自外於城邦，而應成為城邦政治生活不可或缺的部份。

就此而言，政治信念的證成、政治信念的傳播、政治文化的建設，以及政治德性的培養，都是政治哲學人的份內工作。只有這樣，我們才是改變世界，而不是僅僅解釋世界。[*] 更為重要的是，它不僅在改變世界，也在改變我們自己。我們在這樣的實踐中，善盡我們的義務，同時在完善我們的人格。我認為，這樣的一種公共哲學觀，才符合蘇格拉底最初的教導。

---

* 這句話改寫自馬克思，〈關於費爾巴哈的提綱〉，見《馬克思、恩格斯選集》第一卷(北京：人民出版社，1972)，頁19。

5

以上提出的觀點，旨在拋磚引玉，希望引起學界朋友的關注。在目前的學術大氣候和政治大環境下，我自知這裏所說的，不僅吃力不討好，甚至在不少人眼中，近乎痴人說夢。我深知其難。不過，如果問題是真問題，我們這些以政治哲學為業的人，總得自問，在這樣的轉型時代，我們可以為社會多做一點甚麼呢？我多年的實踐告訴我，我們真的不宜妄自菲薄。正如伯林所說，我們不要低估觀念的力量。[*]好的政治哲學，好的在地的、走進公共世界的政治哲學，會為我們的社會轉型，帶來我們自己都難以想像的力量。

* Isaiah Berlin, "Two Concepts of Liberty" in *Four Essays on Liberty* (Oxford: Oxford University Press, 1969), p. 119.

18 公共討論九點

我在微博這些年，經歷不少大辯論，見識過各種批評，更目睹許多並不認識的人往往因意見不合，三言兩語便惡言相向，以至中止討論，覺得十分可惜。公共平台屬於我們每一個人。如果我們不能好好討論，最後只會大家受損。

我在這裏分享幾點關於公共討論的倫理。也許不全面，也未必適用於所有情況，權當拋磚引玉，供大家參考。

1. 參與公共討論，最主要的目的，是思想交流。我們希望通過對話，能夠明是非，知對錯，長見識。我們和人對話，初衷肯定不是樹敵，因此在討論時，時時讓對方感受到一份善意和尊重，便十分重要。

2. 網上討論，意見分歧是常事。分歧，往往源於資訊掌握、生活經歷、價值觀念、思維方式的不一樣。網上討論又快又急，彼此又不相識，一見到與自己想法相異的人，很容易便失去耐性。但是，我們要知道，既然每個人都會基於自身經驗形成自己的觀點，那麼觀點多元就是公共對話的常態和前設。

3. 當有觀點分歧時，我們可以據理力爭，但千萬要對事不對人。例如，不要胡亂猜度別人的動機，然後用動機去否定別人提出的理據。無論分歧有多大，要盡量嘗試控制情緒，不要用粗言侮辱對方。沒有人喜歡被人公開嘲笑為五毛、腦殘、傻逼，或自己家人被問候。這絕對會令討論終止。

4. 保持謙遜。我們發表意見，認為自己的觀點是對的，是人之常情。但如果我們退後一步，當會見到，不管自己多博學，考慮多周全，也有錯的可能。沒有人可以保證自己一定全對，別人一定全錯。有了這種心態，我們會更願意多聽和自己不一樣的觀點。就算百分百肯定自己對，也不宜嘲弄和貶低別人的智力，這樣只會令對方捂起耳朵，拒絕聆聽。

5. 許多討論最後不歡而散，往往不是由於辯論得很深入，而是對話根本未曾展開。最常見的，是在沒有充分瞭解對方觀點前，已有先入之見，並替對方扣上各種帽子，例如白左、女權、左膠、港獨等，然後肆意批評。另一種常見的，是攻擊稻草人。別人明明沒有主張某種觀點，卻想當然地以為有，然後大加撻伐。

6. 有效的討論，往往是先將問題小心界定，再將立場和理據清楚表達，然後大家扣緊問題，逐點澄清和商榷，逐點回應和修正。這樣討論下來，我們往往會發現，不是自己全對，對方全錯，而是各有所長，各有不足，最後各有得着。

7. 由於上述各種原因，有時討論難以繼續。這個時候，我們要學會沉默。沉默不是示弱，也不是輸了，而是我們明白討論有時真的有其限度。人除了理性，還有情緒，還有各種心結和壓抑，我們要嘗試體諒。

8. 語言可以給人溫暖，給人安慰，也可以給人帶來傷害。我們要緊記，我們的言辭、態度、待人方式，是我們整體人格的呈現。我們在公共討論中失態失儀，不僅傷害別人，也會傷害自己。

9. 公共討論很難，卻十分重要。如果我們不能通過討論，學會容忍異己、尊重別人，學會理性思考、細心聆聽，甚至學會欣賞差異、擁抱多元，那麼我們就很難在生活中實踐民主的價值。公共討論是一種學習，也是一種德性培養，值得我們用心嘗試。

高錕校長在中文大學烽火台的學生舉辦的論壇上

19 自由比容忍重要

——懷念高錕校長

高錕校長逝世後，我在《壹週刊》網頁偶然讀到一篇陳惜姿寫於1999年的高校長專訪。網頁上面有一張一般讀者不會留意，但卻教我難以平靜的照片。照片中的高校長，身穿深色西裝，雙手拿着一冊剛出版的《中大三十年》，眼睛卻盯着一位穿着黑色T恤的男同學遞過來的一隻吹漲了氣的透明避孕套，一臉尷尬。

高校長身後不遠處，是面帶笑容的高太太黃美芸女士。高校長當時並沒有接過避孕套，不過，如果他打開的話，他將發現裏面裝着一張捲起的小紙，上面畫着一位象徵標準中大學生的卡通人像，旁邊寫滿各種極盡挖苦嘲諷之能事的字句。以我理解，這些抗議同學希望藉着這個行動，刺激中大同學對大學教育有所反思。

相片攝於1993年11月13日下午四時多，地點在本部百萬大道，場景是中大建校三十周年開放日。高校長當天剛經歷開幕致辭時遭學生衝上台搶麥克風一事，然後又若無其事地參觀學生團體的各種展覽，結果再次受到同一批學生的抗議。相片所見，高校長身邊沒有保安，百萬大道陽光燦爛，人群熙來攘往，氣氛熱鬧。

為甚麼我那麼清楚？因為我當時就在相片旁邊，並將中大學生報剛剛出版的《中大三十年》一書遞給校長。儘管已

高錕校長和作者在中文大學學生舉辦的論壇上

是二十五前的舊事，由於這張相片，高校長的音容身影，又重現眼前。

1

高校長走了，那段歷史又被重提。1993年，我讀大學三年級，是《中大學生報》校園版記者兼編輯，親歷和高錕校長相關的兩件大事：是年三月的「港事顧問」事件和十一月的「開放日事件」。由於年代久遠，今人對於事件發生的歷史脈絡，不甚了了也興趣不大，因此媒體在懷念高校長的時候，往往大而化之地稱讚他有異於常人的涵養和氣量，卻甚少多問一句：高校長當年的應對和選擇，到底體現了怎樣一種大學理念。

先說明一個事實。今天大家都在肯定高校長的雅量，但當年他對開放日抗議學生不作處分的決定，在大學管理層和校友組織，卻幾乎得不到任何支持，甚至連不少教師也認為他軟弱無能、治校無方，因此在他離任時，對他評價甚低。

事情倘若發生在今天，我估計高校長所受的壓力一定更大，得到的支持更少。為甚麼？因為在許多關心中大的人看來，高校長做錯了。他的寬容其實是縱容，而自由必須要有限度和底線。過了底線，便不應該再容忍，否則只會害了學生，壞了大學聲譽。

這類言論其實不難理解。看看中大和各書院校訓，「博文約禮」、「誠明」、「止於至善」、「修德講學」，都是要培養學生成為有德之人。學生離德，便須教；不教而縱，是師之過。從傳統儒家教育的觀點看，自由並非教育的最高目標，做個德才兼備的人才是。更何況，自私點想，這批學生當年三月才剛大力反對高校長接受中國政府委任的「港事顧問」一職，如果校長利用這個機會懲誡他們，不僅不會遭到外界非議，說不定還能提升他的管治威信。

這些建議，高校長一定聽過不少。聽過，認真考慮過，最後仍然頂着重重壓力不處分學生，那麼他一定是有一套對大學教育的想法，否則難以向人交代。這套想法，和他最初提出的光纖理論一樣，曲高和寡，大部份人覺得不可理喻，因此難以接受。不同的是，今天人人對他的光纖發明心存感激，但對他的教育理念卻仍然知者寂寥寥。

2

既然是好，那麼好在哪裏？好在高校長夠寬容，能有雅量容忍學生的異見怪行。也就是說，他有很好的個人涵養。我認識的高校長，確實是這樣一個人。跟隨高校長十多年的私人秘書也曾說過，她從來未見過校長發脾氣。不過，如果我們理解容忍不僅是個人修養，同時也是治校理念的話，將發覺問題不是如此簡單。

首先，容忍或寬容(toleration)並非在所有情況下都值得稱道。例如對許多反對高校長的人來說，學生的行為既然是錯的，那麼就不該容忍。容忍不值得容忍的，不是美德，而是軟弱怕事、缺乏原則和怯於承擔。

觀乎近年香港各大學的種種爭議，校方往往選擇用相當不寬容的方式對待學生，而為之辯護的理由，往往不是說寬容不重要，而是說學生的行為已嚴重逾越某些界線，因此必須強行制止。換言之，當我們視容忍為美德時，須先對所容忍的人和事有個價值判斷，即他們至少在可容忍範圍之內。

所以，高校長當年的決定是否值得肯定，不能大而化之地抽離這個判斷來談。然而，根據當時校園內外的主流意見，學生的行為絕對不值得容忍。

其次，「容忍」作為西方思想史的一個重要政治概念，通常有兩重意涵。一，容忍方對被容忍方的思想和行為，須有負面的、甚至厭惡性的道德評價。二，容忍者完全有權力去懲罰被容忍者，雙方因而存在一種不對等的權力關係。容忍作為一種美德，實際上意味着，「我雖然極不認同你的信念和行為，卻有意識地約束自己不對你作出干預。」

由此可見，容忍，與不在意(indifference)和尊重(respect)，是完全不同的態度。容忍者是既在意自己，也在意對方的信念，但卻一點也不尊重對方的信念；可是，由於某些更重要的理由，有意識地選擇不干預對方。這些理由，構成「容忍」的基礎。不過我們須留意，既然容忍與否的決定掌握在當權者手上，那麼容忍作為一種政治實踐，因為容忍者的主觀意志可以隨時改變，往往非常脆弱和不穩定。

胡適先生曾於1959年寫過一篇有名的文章，叫做〈容忍與自由〉，發表在他有份參與創辦的《自由中國》上，呼籲當權者要有容忍異己的雅量，而「容忍是一切自由的根源」。《自由中國》在1960年因高調反對蔣介石三度連任總統及嘗試籌組反對黨，被蔣介石勒令停刊，主編雷震也因此入獄十年。

由此可見，將個人自由建立在當權者容忍的雅量上，確是極不穩固的。與此同時，被容忍者處於弱勢一方，自己的信念和行為又遭到強者的負面評價，往往會因此感到屈從、恥辱及難以肯定自己的尊嚴。

也就是說，容忍雖被視為美德，但在某些情況下，如果我們對當權者仁慈的容忍過度肯定，反而會忽略制度本身的不公義(例如，這種權力關係本身就是不合理的，又或被容忍的信念和行為本身沒有問題)，又或會助長不合理的權威崇拜(例如，你本來理應受到懲罰，當權者卻大人有大量，故此，你應感恩戴德)，又或將一所大學以至整個社會的自由，建基於當權者的個人特許而非制度保障。

3

說了那麼多「容忍」的概念分析，和高錕校長有何關係？

我想說，如果我們理解高錕校長對抗議學生的不處分是對學生的容忍，那麼他就得面對我前面所說的問題。例如，他的容忍要麼道德上是錯的，要麼是站在強者一方對學生的行為作出負面評價後的結果。如果是前者，高校長便不值得我們讚美；如果是後者，中大校園的多元開放便是高校長的個人仁慈所致，因此是不穩定的；同時，那些被容忍的學生也未必會因此而覺得受到尊重。

如果不是容忍，我們是否有更好的方式來理解高校長的治校理念？

以我理解，高校長真正的想法是，這些同學有表達意見的自由，而他必須尊重這種自由，因為這是同學的權利，而不是他的施捨和特許。既然是權利，即使高校長多麼不認同學生的行為，他也沒有正當理由去懲罰學生。不過，從高校長後來接受媒體採訪來看，他對這些同學敢於站出來表達關心社會的勇氣，其實是暗暗欣賞的——即使他們的示威方式相當出位。

尊重人的自由權利和容忍自己不喜的異見，是兩種不同的理念和態度。前者預設了對方是獨立主體，有自己的自主性，因此完全可以有異於他人的觀點；更重要的是，如果每個人享有平等的自由權，那麼自由的實踐就不須仰賴當權者的仁慈，也不該受到當權者負面評價的影響，而應得到制度的充分保障。當然，擁有自由的權利，並不意味人可以為所欲為，以及不用遵守行使自由的基本規範。

我的說法有道理嗎？很遺憾，我當時年紀輕，沒有能力和校長討論這些問題。高校長是科學家，估計也不會像我這種人文學者，作這些細微的概念區分和道德考量。但就我當年的觀察，高校長確實不是以容忍的心態對待學生。

我記得當年的《中大學生報》，每期都有不少對大學政策的尖銳批評，批評對象也包括高校長。那時的《學生報》像《明報》一般大小，每月一期，每期數十版，印發五千份，在校園有相當影響力。高校長自然知道我們的立場和態度，但每次我們要求採訪，他從不拒絕，而且總會誠懇認真地回答問題。我那時經常和《學生報》的同學說，只要你見過高校長，即使不同意他的觀點，你也沒法恨他，因為他的誠懇會很快感染你。

大學公關部職員也告訴過我，每期《學生報》一出版，校長就會吩咐校長室的人認真讀一遍，然後將相關的報導寄給有關部門跟進。經歷了1993年的兩次大抗爭後，高校長也一如既往每年寫一封信給學生會和學生報，答謝同學的貢獻，並從他的私人戶口拿出兩萬元，幫助有經濟需要的同學。這些事，高校長從來沒有公開講過。

老實說，我當時並不覺得高校長這些舉動有甚麼特別。我是後來才慢慢體會到，即使在與學生關係最差、受到最多批評的日子裏，他也從不視我們為敵，並對我們有着基本的信任和尊重。今天的同學或許難以想像，當年港事顧問事件發生時，大字報可是多到貼滿范克廉門口數十塊流動宣傳板，甚至連地下都是批評他的文章。在我和他的多次訪問中，高校長從來沒有投訴和抱怨，也從沒有流露半分不被理解的委屈——而我在某次訪問後撰寫的新聞標題是「港顧徒具虛名，校長一事無成」。

真箇是當時只道是尋常，人到中年，我才明白這並不容易。

4

現在讓我們回到最核心的問題：既然不是「容忍」，那麼，是甚麼原因，使得高校長如此尊重學生的自由權利，並將這項權利看得比個人榮辱和大學聲譽還要高？

我認為，這主要是因為他是一位無倦於追求真理的科學家。要發現真理，就必須有充份自由的學術環境，令師生可以在沒有任何恐懼下自由探索。在科學世界，沒有權威是不能挑戰的。家長制、盲目服從主流、意識形態教育，以及基於政治目的而箝制人的思想，都是科學最大的敵人。

要在學術上有突破和創新，就必須鼓勵異見，必須對常人眼中離經叛道的觀念給予最大的包容和尊重。對高校長來說，「獨立之精神，自由之思想」(陳寅恪語)是科學之本，也是大學之本。他的科學精神和大學理念，一脈相承，一以貫之。正是這一點，使得高校長成為真正的教者。

這不是我的主觀臆測。例如，在陳惜姿的訪問中，有以下對話：「要培養一個像你一樣出色的科學家，要有甚麼條件？」「我讀科學最大的優勢，係待人處事都用開放的態度。」「最好的環境，就是父母沒有限制我們應該做甚麼。」又例如高校長公開説過：「千萬不要盲目相信專家，要有自己的獨立思考。譬如我說，光纖在一千年之後還會被應用，大家便不應該隨便相信我，要有自己的看法和信念。」

我覺得，高校長整個生命都活在他的信念之中，所以無論甚麼時候，他都是那麼隨和謙遜和處之泰然；也正因為這樣，高校長在開放日當天被學生搶麥克風後，面對我以記者身份提問，才會自然而然地回應：「處分？我為甚麼要處分他們？他們有表達意見的自由。」

無論是在當時還是現在，最令我震撼的，不是高校長説了甚麼，而是他回答時的神情和語氣。他好像是在説，事情本來就該這樣，即使他是光纖之父和中大校長，也該這樣。而我們從高太太後來的回憶中知道，高校長回家後，和她説了句「甚麼都反對才像學生哩。」

除了追求真理，我想高校長也會同意，一個自由開放的大學環境，對培養學生的個性同樣重要。甚麼是個性？就是每個學生都能通過生活的實驗，了解自己的性格和志趣，追求和實踐自己的理想，從而活出屬於自己獨一無二的人生。正如哲學家密爾(J. S. Mill)在《論自由》中所説，實現個性是活得幸福的重要條件。那麼，人要有個性，社會就不能動輒以習俗和權威之名，扼殺人的自由發展，而必須承認和尊重每個個體的獨特性，接受每個人都有權活出自己喜歡的模樣。

如果我還有機會和高校長聊天，我相信他一定會同意，自由是大學的命脈。沒有自由，大學將甚麼都不是。今天香港教育的主事者，以至我們每個人，如果看不到這點，也不努力共同守護大學搖搖欲墜的自由，那將是對高校長最大的辜負。

高校長走後，我在網上看到不少同窗在緬懷當年中大的自由環境，并感歎這樣的大學氛圍如何培育和陶冶了他們的心靈。是的，自由像風，摸不着看不到，但卻實實在在滋潤我們的生命。我們用我們活着的人生，印證自由的美好。

5

最後，讓我説個小故事。

1994年，《中大學生報》刊登了一位同學的文章，投訴某位老師的課程檢討出了問題。這事引發軒然大波，甚至將我和學生報捲進官司之中。我的大學生活最後一年，為此筋疲力竭。

1995年5月，高校長叫我和幾位同學到大學行政樓，交代事件最新發展。臨離開時，校長拉我到一邊小聲説，「大學處理此事有不妥之處，現已解決，你放心畢業吧。」那是我最後一次和高校長對話。

高校長，謝謝啊。再見。

20 以學生為念*

2018年3月21日傍晚，沙田禾輋邨陳根記，燈火通明，人山人海。

我在大桌小桌間轉了好幾回，才在大排檔某個角落見到沈祖堯校長和沈太太。同時應邀前來的，還有兩位中大校友以及幾位正生書院畢業的年輕人——校長曾為他們補習英文。他們有的正在讀大學，有的已出來工作。

飯局緣起，是沈校長很喜歡這家大排檔，常和太太來這裏「撐檯腳」。可惜由於領展租約問題，它不得不搬離這個已經營數十年的老地方。校長想送幅字給老闆周恆先生作別，於是請我們來聚一聚。

沈校長送給周先生的橫幅，上書大大一個「酒」字，緊接着是李白的「人生得意須盡歡，莫使金樽空對月」。周先生很開心，特別準備了好幾道我們從未在陳根記吃過的佳餚。酒至半酣，我問校長，離任三月尚好否？他想也不想便說，「十分愉快」，然後哈哈大笑。

我想，確實如此。過去這幾年，我從未見過校長像當天那般笑得如此無牽無掛。

---

* 本文是為沈祖堯校長的《校長畢業了》所寫的序(香港：中文大學出版社，2018)。

沈祖堯校長

1

沈校長未做校長前，早已名滿香江，但我從來沒見過他。我們初次見面，是在他就任校長前的一場諮詢會。我舉手問了幾個問題，他說他讀過我一些關於中大教育的文章，我們於是相識。那是2009年11月的事。

沈校長上任後，十分重視中大的人文教育傳統。有次問我有甚麼前輩特別值得肯定。我說，小思老師啊，沒有比她更合適的了。過了段日子，校長告訴我，他已提名小思為第十屆榮譽院士。校長又說，小思老師在電話中聽到這個消息，哽咽得不能言語。我知道，老師在意的，不是這個榮譽，而是那份尊重。老師後來多次叮囑我，沈校長是教育有心人，你們要多多幫他。

又有一次，中大建校五十周年在即，校長問我有甚麼校友可邀請回校。我說，余英時先生啊，他是新亞書院第一屆畢業生，史學泰斗，道德學問為天下所敬重。沈校長考慮過後也同意，並說為表誠意，他必須親自去請。我後來知道，他為此事先後去了美國普林斯頓大學余先生家中兩次，可惜最後還是不成。沈校長當初有點不解，後來余太太悄悄告訴校長，余先生是為他着想，余先生政治立場鮮明，不想校長為難，他才明白余先生的好意。

2012年10月21日，勞思光先生在台北病逝。我和沈校長說，勞先生一生服務崇基學院和中文大學，桃李滿門，著作等身，為表大學對勞先生的敬意和謝意，最好他能夠親自前往致祭。沈校長二話不說，馬上安排行程，並邀我同行。事後回看，勞先生的追思會，備極哀榮，馬英九總統亦前來鞠躬慰問。沈校長率中大哲學系師生數十人向勞先生作最後道別，誠是莊嚴得體。

2

2013年3月22日，「博群計劃」辦了個史無前例的「中大登高日」活動，開放新亞和聯合書院水塔給同學參觀。那天，數以百計的同學，從早上九時半到下午五時半，井然有序地登上君子塔和淑女塔，遠眺大海群山，感受落日美景。

這是我的主意，因為我年輕時曾經上過水塔，知道那是怎樣的浩瀚景象。但要實現這個願望，近乎不可能，因為水塔從來沒有開放過，大學行政部門更有各種安全顧慮。我和校長說，不如你和我們爬一次，看看是否可行吧。還記得那天校長剛從海外坐完長途機回來，還患了重感冒，狀態很不好，但卻毫無怨言地跟我們爬上百多呎的水塔。爬完後，校長和同事說，就讓同學玩一次吧。

2013年是中大建校五十周年，照常理，少不免有一場大型官方慶典。沈校長卻找來逸夫書院院長陳志輝教授、新聞與傳播學院朱順慈教授和我，委託我們籌辦一個「非典型」校慶，要不奢華、不鋪張，還要體現中大的人文精神。

在朱教授的策劃下，我們最後有了12月7日在百萬大道舉行的「百萬零一夜」。那一夜，沒有大排筵席，沒有歌星獻唱，只有上千師生校友席地而坐，分享我們對母校的點滴情懷。我記得，當晚有學生朗讀小思老師的文章，並配合沙畫表演，還有黃洪、蔡子強和馬嶽三位老師回憶中大學運史，而我則特別多謝了中大的校巴司機、宿舍工友、飯堂阿姐和園藝組花王。

那夜真是難忘。這樣一場重要活動，在整個籌辦過程中，沈校長除了給予我們充足的人力物力支持，沒有過問任何細節。我參與「博群計劃」七年，期間組織過各種活動，邀請過不同人物，校長同樣給予我們最大的信任和支持。

3

2014年雨傘運動前夕，沈校長憂心忡忡。我當時總是笑說，校長過慮了，不可能會有大事發生。後來當然證明我錯了，而且錯得離譜。

9月28日佔領事件發生後，沈校長更是夜不能眠，極度擔心學生安危。10月3日，大批學生和市民包圍位於金鐘的特首辦公室，情況危急，甚至傳出「政府當晚會武力清場」的消息。沈校長告訴我，幾經考慮，他決定和港大馬斐森校長前往金鐘探望學生。當晚十一時，兩位校長在無數記者包圍下，穿過重重人群，跌跌碰碰、滿頭大汗擠到特首辦前的馬路，呼籲同學保持冷靜，避免和警方發生衝突。當時我在現場，目睹這歷史性的一幕。

很久以後，沈校長有次在閒談中告訴我，那一夜，是他的人生分水嶺，而他沒有後悔。

如果沈校長尚未離任，或校長不邀請我為他的新書寫篇序言，我大抵不會有機會和讀者分享這幾件小事。讀校長的文字，我常會想起「以學生為念，以教育為念」這句話。上述幾件小事，多少印證我的想法。

沈校長是醫生，是教師，是基督徒，是生於斯長於斯的香港人，因為歷史機緣，成為中大校長，走過驚濤駭浪的七年，留下這束珍貴文字。我有幸得到校長信任，和其他同事一道，為「博群計劃」做了點事。這是莫大的緣份，我很珍惜這份情誼。

我們活在一個大時代。社會風急浪高，人心動盪難安，有許多人渴望能做時代的弄潮兒，沈校長卻選擇了急流勇退。他最享受的，似乎是和學生一起在陳根記喝杯啤酒，細細體會「一壺濁酒喜相逢，古今多少事，都付笑談中」的況味。

我覺得這樣也不錯。

21　未完的話
——紀念江緒林

緒林，今天是2018年2月19日，你離開兩週年的日子。

這兩年很長。我常常想起你，但我始終沒有辦法為你寫一篇像樣的紀念文字。也許由於這樣，我總覺得你仍未遠去，雖然我曾專程到過上海，並在你的墓前和你正式道別。

還記得兩年前這個時候，我在台北，擱下所有事情，全情投入書寫一系列關於《小王子》的文章。2015年12月23日早上七時，我在微博發了〈小王子的責任〉一文。在那篇文章，我探討小王子最後為甚麼選擇被毒蛇咬，也要非回去見他的玫瑰不可。

文章結尾處，我說：「小王子清楚知道，毒蛇咬了他以後，他的身體會死去；但人死後會有靈魂嗎？他不知道；就算有靈魂，靈魂有能力回到小行星中去嗎？他不知道；就算能回去，他的脆弱的玫瑰還在嗎？儘管蛇給了小王子迷一樣的暗示，他其實甚麼也不能確定。但他依然選擇勇敢踏出去。為甚麼？因為只有如此，他才有機會完成他對玫瑰應盡而未盡的責任。責任的體現，不在結果，而在心志。」

這篇文章貼出來不到三小時，你在微博轉發，並加上以下評論：「聯繫到保松先生沉甸甸的實踐擔當，這種純個體的愛和責任敘事頗有一種失重感；或許散文僅僅是心靈舒緩，未必承擔着心跡證成。當大規模的邪惡和壓迫來襲時，

江緒林和作者

訴諸歷史理性(積累的道德資源)能維繫尊嚴，訴諸神聖理性(內心的退守和超越)能維繫希望；此外，都市風情連帶其個體的優雅都可能被無情地吞噬。」

我當時讀到這段文字，很震撼，同時有點失落。我心裏想，你可能對我寫這樣的文章有點失望。你失望，自然是因為對我有期望，甚至較我的自我期望還要高。還記得雨傘運動結束不久，你專程從上海來香港探我。那是2015年2月14日。那天我們在大學書店旁邊的330咖啡店，坐了整整一下午。

那時候，我已知道你的精神狀態不是太好，多番勸你保重。你聽了，總是淡然一笑，也不多話。倒是在告別時，你說，你多保重，你在香港所做的一切，將來會留在歷史上的。我當時聽了，也不放在心上。你走後，我多次回想，才意識到這是你對我的殷切期望。在我認識的內地朋友中，沒有人比你更喜歡香港，也沒有人比你更關心香港的命運。我知道你甚至認真計劃過，要將你最後的生命，留在香港長洲島那個你喜歡的修道院。

兩年前今日，當我在台北埋首寫我的小王子時，你卻在上海離我們而去。那夜消息傳來，我在台北街頭痛哭。我當天其實知道你要離去，可惜無力挽留。

你是基督徒，是自由主義者，是大學哲學教師。你曾在整個大地萬馬齊喑時，一個人在北京大學貼出大字報紀念八九．六四。有誰能料到，這樣純粹而勇敢的你，會在大規模邪惡降臨的時代，以這樣的方式告別世界。你自己更沒可能料得到，你的離開，震驚全國，無數悼念文章湧現，以至當局不得不封鎖所有和你有關的消息。

從我們相識起，我們就開始討論，如何在這個時代，活出自由完整的靈魂。

我曾和你說過，這個問題實在太難。目睹我們國家歷史上的諸多苦難以及今天的遍地不義，身在其中，總有無法擺脫的屈辱。屈辱，源於人的價值意識。如果沒有價值意識，也許就不苦了，也許就「自由」了。可是，我們都不願意放棄這樣一點點的堅持。因為一旦放棄，我們就甚麼都不是。

在時代面前，我們每個人都作了選擇。

有人選擇宗教，有人選擇權力，有人選擇玩世不恭，也有人選擇退隱。而你，用你的短暫一生和轟烈的死，向世界宣示你不服從，也不妥協。你在微博公開的〈遺言〉最後說，你害怕。你害怕，而你終於踏了出去。於我，你是無可言說的勇敢。

緒林，我們初次相遇，是因為你讀到我的《相遇》，然後特別從浸會大學跑來中大找我，而我那時對你轟轟烈烈的事跡和跌宕困頓的人生，一無所知。我們簡直是在「無知之幕」的原初狀態下，開始交往。再其後，我在國內出版《自由人的平等政治》和《走進生命的學問》，你都用心為我寫了書評。

我因此認定，只要我有著作出來，你一定會讀。這兩年，我不僅出版了《小王子的領悟》，也出版了《在乎》。每次捧書在手，我都忍不住想，如果你在就好了，我可以讀到你的回應。

在《在乎》的〈自序〉中，我說：「我們堅持做一件事，不僅需要知道那是對的，而且那個對的價值必須走進我們的生命，並在最深的意義上界定我們的身份和定義我們的存在。只有這樣，我們才有足夠動力去堅持；也只有這樣，才能合理解釋我前面所說的那種『非如此不可』的狀態：當你被要求放棄那些至為在乎的價值時，你會覺得那背叛了你的生命，並令自己活得不再完整。真正活出在乎的人，往往已將堅持的信念化成生命的底色。他的在乎，不僅在成全別人，成全責任，更在成全自己。」

緒林，如果你在，我相信你一定理解我為甚麼這樣說。可是你不在了。

你走的那天下午，我在微信給你留言：「緒林，不要讓大家擔心你。我們還可以一起做許多事。一定要珍惜自己。」

緒林，很想告訴你，我很好，我還在努力。

初稿：2018年2月19日
定稿：2019年6月19日

後　記

雨傘運動之後，我告訴自己，在往後的日子，要做好幾件事。一，要更用心教學，培養好下一代；二，要更認真寫作，記下這個時代的意義；三，要傘落社區，在香港推動公共哲學。這本小書，算是第二項工作的一部份。

我們活在時代之中，但這不表示我們就能瞭解時代；我們身在歷史漩渦之中，有時反而看得不清楚，甚至沒意識到世界正發生甚麼事。

讓我舉幾個例子。

2019年6月16日，香港有二百萬人上街遊行，反對香港政府修訂《逃犯條例》。這是震驚全球的大事，許多國家的主要媒體都以頭條報導。當天遊行完畢，我走進金鐘太古廣場，卻見許多香港人如常購物消費，渾然不覺一件歷史性事件正在眼下發生。

又例如，每年一到6月4日，中國政府總是如臨大敵，刪帖封號拉人，務必要將香港的維園燭光，徹底隔絕於中國大地。可是近年我卻經常聽人說，燭光集會只是「行禮如儀」，對中國全無作用。

又例如，像戴耀廷、陳健民、朱耀明這樣的人物，無論放在哪個社會哪個時代，都足以寫入史書，可是偏偏有不少港人罵他們「反中亂港」，一點也不珍惜。

要瞭解我們的時代，我們要有歷史意識。對歷史一無所知，我們便難以明白香港為甚麼會走到今天，以及今天的事件對將來有何意義。我們也要有價值意識。一件事發生了，我們須知道它的是非對錯，以及它對我們的福祉帶來甚麼影響，否則我們無從判斷政府的做法是否合理，也不知道自己該站哪一邊。

人的歷史意識和價值意識，不是説有就有，而需要認真研讀歷史和嚴肅探究價值。香港正進入一個不確定的轉型時代。我們身在其中，不僅要有激情和勇氣，也要對時代處境有清醒認識和合理判斷。這是艱難的過程，我們需要一起學習。

這本小書，記載了我的思想，也承載了我的情感。我是新移民，在深水埗鴨寮街長大，三十多年來受惠於香港的自由環境，得以讀一點書，做一點事，認識許多有意思的好人。我覺得這樣很好。

這幾年，我經常在街頭聽見成千上萬的人一起高喊「香港人」。是的，香港人。千言萬語，盡在其中。

香港很黯淡，香港也很光明。香港很絕望，香港也充滿希望；香港很無情，香港也處處是愛。香港人啊，真正美好的東西，用心就能看見。